Birgit Schlieper · Nina Stahl

Manchmal möchte ich mich totlachen

DIE AUTORIN

Birgit Schlieper, geboren 1968 in Iserlohn, hat Amerikanistik, Romanistik und Anglistik studiert, ihr Studium aber abgebrochen, als ihr ein Zeitungsvolontariat angeboten wurde. Seitdem schreibt sie unaufhörlich: von Einkaufszetteln und Post-its über Reportagen bis zum Tagebuch und Gedichten, für Nachrichtenagenturen, die SZ, in Lehrbüchern für den Deutschunterricht – und für cbt.

DIE AUTORIN

Nina Stahl, geboren 1977 in Münster, lebt in der Nähe von Dortmund. Sie studierte Erziehungswissenschaften und arbeitet seit 2002 als wissenschaftliche Mitarbeiterin im psychosozialen Dienst der Pädiatrischen Hämatologie und Onkologie des Universitätsklinikums Münster und ist seit 2012 für den Deutschen Kinderhospizverein e.V. tätig. Bei ihrer Arbeit im Psychosozialen Dienst der Pädiatrie vermisste sie ein thematisch passendes Jugendbuch und so entstand die Zusammenarbeit mit Birgit Schlieper zu diesem Roman.

Mehr über cbt/cbj auch auf Instagram unter @hey_reader

BIRGIT SCHLIEPER · NINA STAHL

Manchmal möchte ich mich totlachen

cbt

Dieses Buch ist auch als E-Book erhältlich.

MIX
Papier aus verantwortungsvollen Quellen
FSC® C014496

Verlagsgruppe Random House FSC® N001967

1. Auflage
Erstmals im cbt Taschenbuch Januar 2020

Die deutsche Originalausgabe erschien 2010 unter dem Titel »Manchmal möchte ich mich totlachen« im Sauerländer Verlag.

Umschlaggestaltung: © Suse Kopp, Hamburg, unter Verwendung mehrerer Motive von Kelly Sillaste / Trevillion Images
he · Herstellung: SeS
Satz und Druck: GGP Media GmbH, Pößneck
ISBN 978-3-570-31062-5
Printed in Germany

www.cbj-verlag.de

»Du wirst sterben.«

Der Arzt guckt weiter seinen Kugelschreiber an. Es ist so ein billiger Wegwerfkugelschreiber, bei dem man noch nicht mal die Miene wechseln kann. Der Arzt dreht den Stift. Ich sehe den Werbeaufdruck für einen Baumarkt.

Ich dachte immer, Ärzte haben goldene Kugelschreiber. Mit Initialen und so. Vielleicht ist Dr. Boll gar kein richtiger Arzt.

Du wirst sterben.

Die Worte waren nicht für den Kugelschreiber bestimmt. Sie gehen an mich, hängen wie tiefe Wolken im Raum. Ich höre meine Eltern synchron einatmen. Dr. Boll guckt durch den schmalen Schlitz zwischen Pony und Brille kurz zu mir rüber.

Vielleicht hat er die Brille auch aus dem Baumarkt. Kann man ja mittlerweile überall kaufen. Die Wolkenworte kommen näher, schließen mich ein. Ich habe das

Gefühl, nicht mehr richtig atmen zu können. Wie können mich drei Worte von allen vier Seiten bedrängen? Ich stehe auf, mein Stuhl fällt polternd um.

»Nils!«

Die Stimme meiner Mutter ist leer und laut.

Sterben darf ich. Krach machen nicht.

Ich lächele Dr. Boll kurz an.

»Sie werden auch sterben.«

Ich gehe. Durch die erste Tür. Durch die nächste. Warte nicht auf den Aufzug. Man weiß hier nie, was einen hinter den Schiebetüren erwartet. Manchmal ist es ein freakiger Zivi. Manchmal auch eine hübsche Krankenschwester. Manchmal ein stöhnender Opa in fleckigem Bettzeug. Manchmal fällt der erste Blick auf einen prallen Urinbeutel.

Ich nehme das Treppenhaus. Die Tür nach draußen öffnet sich automatisch.

Ich muss hier raus, weg.

Atme die kalte fiese Luft, die von der Raucherecke zu mir rüberwabert.

Und jetzt?

Vielleicht hätte ich ja eben noch fragen sollen, wann mein Licht ausgeht. Schaffe ich noch ein Bier? Einen Kinofilm? Vielleicht sogar mit Überlänge? Werde ich die Sonne noch mal sehen? Und wenn ja: Wie oft?

Mein Hals wird eng. Mein Herz pumpt.

In meiner Hosentasche klimpern zwei Wohnungsschlüssel. Ich will keinen davon benutzen.

Nicht in die Wohnung von meinem Vater, wo mein

Zimmer noch genau so aussieht wie an dem Tag, als ich das erste Mal ins Krankenhaus kam.

Nicht in die Wohnung meiner Mutter, wo ihr neuer Mann Thomas allein von meinem Anblick völlig überfordert sein wird. Er wird sich sofort vor Maja stellen. Klein-Maja soll nicht geschockt werden durch den Anblick ihres todgeweihten Halbbruders. Nicht, dass die kleine Zicke noch ein Trauma bekommt.

Ich gehe einfach geradeaus und lande im Hauptbahnhof.

Auf Gleis 16 fährt gleich ein ICE nach Mailand.

Italien wäre gut. Sonne. Strand. Und ich könnte mir lächelnd einen Sonnenbrand holen. Wäre ja auch scheißegal. Ehe ich an Hautkrebs sterbe, bin ich eh schon halb verwest.

Auf Gleis 2 fährt ein Intercity nach Hamburg ein.

Ich traue mich nicht. Sitze in einer orangen Plastikschale, starre auf Rotz- und Kaugummiflecken auf dem Boden und versuche, nicht zu denken.

Auch nicht an die Versuchung, einfach im letzten Moment aufzustehen, zwei, drei Schritte nach vorne zu machen. Ins Bodenlose. Die Ratten, die da unten rumflitzen, würden staunen.

Ich gehe schnell. Wieder die Treppe runter in die Halle, lasse mich zum Nordausgang treiben. Hier beginnt die dunkle Seite der Stadt.

Auch bei Tag.

Die Häuser sehen verwundet aus. Abgeplatzter Putz. Wie bröckelndes Make-up einer alten Frau. Satellitenschüsseln wie kleine Geschwüre überall. In den

Autos, die vorbeirasen, klopfen Bässe von innen an die Scheiben.

In mir hämmern drei Worte.

Ich lasse mich in den Schlund der erstbesten Dönerbude ziehen, fühle mich seltsam heimisch in dem grellen Licht der Neonröhren.

Ich ekle mich nicht vor den siffigen Tischen. Es ist mir alles so egal.

In meinem früheren Leben kam dieser Teil der Stadt nicht vor. Mittlerweile bin ich gerne hier. Ich muss ja auch keine Angst mehr haben. Was kann mir noch passieren? Vielleicht werde ich nur deswegen nicht doof angemacht. Vielleicht würde ich aber sowieso nicht doof angemacht werden. Ich werde es nie erfahren.

Zwei Stunden sind vergangen, seitdem ich aus der Klinik abgehauen bin. Ob meine Eltern noch da sind? Meine Mutter wird geweint haben. Still, komplett lautlos. Mein Vater wird sich immer wieder mit der Hand über das Gesicht gestrichen haben. Als könne er so Gedanken wegwischen. Wie bei diesen Ritsch-Ratsch-Maltafeln. Vielleicht suchen sie mich auch. An Orten, die schon lange nicht mehr zu meinem Leben gehören. Sie werden sich Sorgen machen. Was befürchten sie wohl? Dass mir was zustößt? Ich muss laut auflachen. Spüre die irritierten Blicke von dem Döner-Typen hinter dem Tresen. Ich wollte eh weiter. Die Tränen stehen zu hoch in meinem Hals, als dass ich noch länger in einem hell erleuchteten Imbiss sitzen möchte.

Eine gute Stunde später werde ich wieder vorm Krankenhaus angespült. Ich weiß gar nicht mehr, wo ich hergegangen bin. Ich habe das Krankenhaus wiedergefunden wie ein Tier seinen Bau. Wo soll ich auch hin? Wo soll ich stranden? Ich nehme die Treppe. Kurz vor meiner Zimmertür sieht mich Dr. Boll aus der Ferne. Er unterbricht ein Gespräch, geht zielstrebig auf mich zu. Doch bis er in meinem Zimmer ist, liege ich schon im Bett, die Decke über den Kopf gezogen. Die Tür schnappt leise wieder ins Schloss, als er geht.

Ich schlafe ein, wache auf, schlafe wieder ein. Ich versuche, die Zeit zu stoppen. Zwischen Aufwachen und dem ersten Gedanken an die drei Worte. Es geht nicht. Die Gedanken sind zu schnell für meine Uhr. Ich döse wieder ein. Wache genau so oft auf, wie ich eingeschlafen bin. Noch.

Ohne Kugelschreiber weiß dieser blöde Arzt nicht, wohin er gucken soll. Er beobachtet seine leeren Hände, als er an meinem Bett sitzt. Schon vor dem Frühstück. Umständlich versucht er, es mir zu erklären. Es läuft immer wieder auf dasselbe raus. Sie können nichts mehr für mich tun. Nach all den Chemotherapien, den Transplantationen haben sie nichts mehr für mich im Angebot. Dr. Boll wird abgelöst durch meine Eltern und eine Sozialtante. Ich solle die Zeit nutzen.

»Welche Zeit?«, brülle ich sie an. »Ich bin 16 Jahre alt. An die ersten sechs Jahre kann ich mich nicht erinnern. Das heißt, dass ich hier gerade mal ein verficktes

Jahrzehnt hatte. Mit den paar Wochen, die jetzt noch kommen, ist das insgesamt ein bisschen wenig, oder?«

Ich habe im Herbst Geburtstag. Ich traue mich nicht zu fragen, ob ich dann noch hier sein werde.

Am Nachmittag stehe ich endlich auf. Mir tut vom Rumliegen schon alles weh. Ich schlendere ins braune Zimmer. Die Ärzte hören das nicht so gerne. Wir nennen es so, weil hier so viele kahlköpfige Jugendliche abhängen. Wie Skins eben. Offiziell heißt das Zimmer Gemeinschaftsraum. Dabei haben wir hier alle was ganz anderes gemein als einen Raum. Wir alle hier haben Krebs. Mal mehr, mal weniger. Mich erinnert alles ein bisschen an ein Landschulheim. Oder an das, was ich mir darunter vorstelle. Ich war nie auf Klassenfahrt. Ich durfte nie mit.

Außer mir sucht gerade keiner hier Gemeinschaft. Ich trödel zurück in mein Zimmer. Aus meinem Fenster gucke ich auf den großen Hof. In der Ecke ist die Krankenhauskapelle.

»Das ist ja nett. Von hier habe ich es dann auch nicht so weit bis zu meiner Trauerfeier«, war mein erster Kommentar dazu. Da wusste ich noch gar nicht, wie nah ich schon an der Wahrheit war.

Ich höre meine Mutter noch schluchzen. Ich würde gerne das Gleiche tun. Oder mich einfach rückwärts aus dem Fenster fallen lassen. Das Letzte, was ich dann vor meinem inneren Auge sehen würde, wäre meine Mum. Ein schöner trauriger Gedanke. Ich habe Angst, dass der zweite Stock nicht hoch genug ist.

Hätte dieser »Möchtegern-Arzt« nicht einfach sein Maul halten können?

Ich sterbe.

Du stirbst.

Er, sie, es stirbt.

Und? Das ist ja keine Neuigkeit, oder? Das Ende steht von Anfang an fest. Bei mir liegen Anfang und Ende sehr nah beieinander. Muss ich das wissen? Vielleicht fällt mein Vater morgen bei einem Shooting vom Baugerüst und ist Geschichte. Würde es ihm helfen, das heute zu wissen?

Ja.

Er würde das Shooting nicht machen. Er hätte die Wahl. Ich nicht. Ich kann meinen kaputten Körper nirgendwo eintauschen. Ich komme einfach nicht aus mir raus.

Meine Eltern kommen wieder rein, haben noch mal mit irgendwelchen Ärzten gesprochen. Warum auch immer. Vielleicht haben sie sich ein Bestattungsinstitut empfehlen lassen.

»Können wir noch was für dich tun?«

Ich starre meine Mutter an.

»Noch was? Was wollt ihr denn noch für mich tun? Noch, ehe ich hier abdanke?«

Sie wird rot. So rot wie ihre Augen.

Mein Vater schiebt sich ins Bild.

»Schrei mich an, wenn dir das hilft. Mum ist gerade nicht stark genug für deine Wut.«

»Vielleicht bin ich auch nicht stark genug hierfür.«

Ich wollte das nicht sagen.

»Bringt ihr mir meinen Laptop mit?«

Mein Vater nickt. Wortlos bleiben sie sitzen. Ihre Stummheit saugt alles auf.

»Ich bin müde.« Nach ewigen Minuten fällt mir der Satz ein. Sie sollen gehen. Ihre verdammte Trauer mitnehmen. Ich ertrage das nicht.

Ich habe gelogen. Ich bin nicht müde. Ich reiße das Fenster auf, setze mich mit einer alten Zeitschrift auf die Fensterbank. Fange an zu blättern. Ich kann nicht lesen. Ich schaffe keinen einzigen Satz. Ich blättere schneller und hektischer und ziehe mir mit einer Seite einen dünnen Schnitt quer über die Hand. Direkt neben einer der Linien in der Innenfläche. Der Schnitt ist kaum zu sehen, tut aber tierisch weh. Ich balle immer und immer wieder eine Faust, bis endlich Blut rauskommt. Irgendwo in dieser hellroten Flüssigkeit ist der Krebs. Tausende von kleinen Krebsfratzen schwimmen durch meine Adern. Zerfressen mich. Während der ersten Chemotherapie, als ich diesen Alles-wird-gut-du-wirst-schon-sehen-Quatsch noch geglaubt habe, sollte ich mir vorstellen, wie die Chemie den Krebs in mir auffrisst. Visualisieren hieß das. Ich habe mir immer so eine Art Pac-Man-Invasion vorgestellt. Kleine gefräßige Wesen, die wie eine Müllpolizei durch mich durchschwimmen. Aber der Krieg ist verloren. Jetzt fühle ich fast die kleinen Blutratten, die mich bei lebendigem Leib verspeisen.

Bis jetzt tut es noch nicht sehr weh. Die Schmerzmittel, die ich bekomme, wirken schnell. Ich habe Angst, dass die irgendwann nicht mehr reichen. Nicht, weil ich die Schmerzen fürchte. Ich möchte einfach nicht, dass mich jemand so sieht. Ich habe schon andere wimmern und winseln gehört. Nachts auf den Stationen gibt es ganz andere Geräusche als tagsüber. Nachts zeigt die Krankheit ihr wahres Gesicht.

Meine Eltern kommen gleichzeitig ins Zimmer. Ich frage mich, ob sie sich vorher getroffen haben. Ob sie vorher über mich geredet haben. Mein Vater stellt meinen Laptop auf den Tisch, meine Mutter lädt jede Menge Obst ab.

»Soll ich gesund sterben, oder was?«

Ich frage mich, ob erst meine Mutter anfängt zu weinen oder ob mein Vater vorher noch »Nils!« sagen wird.

Es passiert nichts. Sie heult nicht. Er sagt nichts. Zumindest nicht zu mir. Sie machen Small Talk. Ich sitze hier wie ein Zuschauer beim Tennis. Nein. Nicht Tennis. Es ist eher ein langweiliges Federballspiel. Ich möchte brüllen. Dass ich hier krepiere, dass ich mich langsam auflöse. In meinen Zellen ist nur noch Krebs und Angst. Ich möchte sie anschreien, dass sie still sein sollen. Doch vor ihrer Sprachlosigkeit habe ich noch mehr Angst. Irgendwann beginnt ihr Gespräch mich einzulullen. Mir fällt auf, dass wir wie immer sitzen. Meine Mutter links von mir, mein Vater rechts. So saßen wir auch beim Essen. Nein, ich denke noch nicht in der Vergangenheit von mir. Aber dieser Teil meines Lebens ist schon lange Vergangenheit. Ich starre gegenüber die Wand an. Mir fehlt das Gesicht von Laura da. Ihr Grinsen. Ihre Grimassen. Sie konnte für den Bruchteil eines Moments ihr Gesicht ganz fürchterlich verziehen. Und wenn ich dann einen Lachflash bekommen habe, saß sie im nächsten Moment da und beteuerte mit Engelsblick, sie wisse auch nicht, was mit mir sei. Sie jedenfalls habe nichts gemacht. Manchmal musste ich sie auch aufheitern. Dann habe ich mir den Mund vollgestopft, alles zu Brei gekaut und so getan, als müsste ich kotzen. Oder ich habe versucht, mit der Zungenspitze meine Nase zu erreichen. Das allerdings mit leerem Mund.

Sie fehlt mir. Ich kenne niemanden, der so ernst und unschuldig aussieht und gleichzeitig so witzig ist. Sie sieht so aus wie meine Mutter. Dunkle Locken, noch dunklere Augen, etwas zu dicke Augenbrauen und ein eckiges Kinn. Aber sie ist nicht so zögernd wie Mum. Eher so unstet wie Dad. Immer auf der Suche. Ich glaube, was sie gerade in den USA sucht, weiß sie selber nicht genau. Sie arbeitet dort als Au-pair-Mädchen bei einem Ärzteehepaar. Ich wünschte, sie wäre hier. Ich weiß aber auch, wenn Laura jetzt nach Hause fliegt, wird es eng. Dann ist nicht mehr viel Sand in meiner Uhr.

»Habt ihr schon mit Laura gesprochen?«

Sie nicken beide.

»Und? Kommt sie?«

»Das hängt von dir ab. Wenn du willst, kommt sie sofort«, sagt mein Vater.

»Und wenn ich es nicht will, kommt sie erst zu meiner Beerdigung?«

Ich kann nicht anders. Ich fühle mich scheiße, weil ich weiß, dass ich sie verletze. Aber meine Gedanken verletzen mich auch. Jede verdammte Sekunde, die vergeht. Die uneinholbar vergeht. Auf mich nimmt hier auch keiner Rücksicht. In mir kommt Panik hoch.

»Was mache ich jetzt eigentlich, bis es so weit ist? Hier rumsitzen und abwarten? Dann können wir es doch auch jetzt beenden, oder?«

Der Gedanke ist plötzlich da. Ohne Vorwarnung. Ich weiß gar nicht, ob ich das wirklich will. Aber es erscheint mir schlüssig. Warum nicht jetzt den Vorhang fallen lassen?

Mein Vater guckt mich auf kürzestem Wege an.

»Ich kann dich verstehen. Wir möchten aber noch Zeit mit dir verbringen. So viel Zeit wie irgend möglich. Wir möchten, dass du nach Hause kommst.«

Meine Augen schwimmen. Ich versteife meinen Unterkiefer, damit er zu zittern aufhört.

»Welches Zuhause?«, fragt meine Stimme irgendwann, ehe sie ertrinkt.

Die Wohnung, in der mein Vater wohnt, war mein Zuhause. Als Mama und Laura da auch noch wohnten. Mama ist schon vor Jahren ausgezogen. In dem alten Zimmer von Laura hat mein Vater sich ein Studio aufgebaut. Er ist Fotograf. Nicht von Models oder so. Er fotografiert Möbel und Häuser und manchmal sogar Essen. Mein Zimmer sieht so aus wie immer. Aber es fühlt sich nicht so an. Es ist kalt da. Die Luft ist alt. Immer wenn ich in den letzten Monaten da war, hatte ich das Gefühl, ich gehe in ein altes Foto von meinem Zimmer. Ein Schritt in die Vergangenheit. Bei meiner Mutter hatte ich ein schönes neues Zimmer. Dann kam Maja. Mit 39 Jahren war Mum noch mal schwanger. Ich fand's ein bisschen peinlich. Als meine kleine Halbschwester ein Jahr alt war, wurde mein Zimmer zu unserem Zimmer. Meine Mutter hat sich echt Mühe gegeben. In das Kinderzimmer wurde für mich eine Schlafcouch gestellt. Meine Bücher und CDs kamen in einen abschließbaren Schrank. Ein Paravent teilte den Raum. Doch die Lego-Armee machte vor dem Paravent nicht halt. Barbies saßen auf meiner Couch. Und überall hingen Lillifee-Poster.

Die letzen Male als ich bei Mum war, habe ich auf der Couch im Wohnzimmer geschlafen.

»Wo fühlst du dich denn am meisten zu Hause?«, fragt meine Mutter leise. Ich weiß die Antwort nicht. Auch nicht, wer hier was hören will. Möchte Mum, dass ich zu ihr will? Denkt sie dann, sie ist eine gute Mutter? Oder hat sie vielleicht Angst, dass ich zu ihr komme und bei ihr sterbe? Fürchtet sie mich am Ende sogar? Oder wäre sie doch eifersüchtig, wenn ich lieber zu Dad will?

»Was meint ihr denn, wo ich jetzt wohnen soll?«, versuche ich vorsichtig.

»Ich habe zuerst gefragt«, kontert meine Mutter. Sie mag es nicht, wenn ich eine Frage mit einer Gegenfrage beantworte. Ich mag ihre Fragen meist nicht.

Der Gedanke, bei Mum zu sein, fühlt sich auch ein bisschen gut an. Der Gedanke allerdings, dass dann auch Thomas und Maja zur Stammbesetzung gehören, fühlt sich kacke an. Bei meinem Vater werde ich viel alleine sein. Oder ich werde nicht alleine sein, weil er sich vielleicht Urlaub nimmt. Wie lange wohl? Das will ich gar nicht wissen. Ich habe mich immer darauf gefreut, mal wirklich alleine zu wohnen. Das wäre jetzt die Chance. Die allerletzte Chance. Meine Eltern würden das natürlich nicht erlauben. Sie könnten den Gedanken nicht ertragen, dass ich alleine in einer Wohnung sitze.

»Ich würde gerne in ein Hotel ziehen«, sage ich plötzlich. Ich weiß gar nicht, woher die Idee kommt. Aber irgendwie wäre es cool. So ein kleines Hotel mitten in der Stadt. Vielleicht noch über einer Kneipe, von der immer ein bisschen Musik zu hören wäre. Und eine Neonreklame würde dauernd die Farben wechseln und mein Zimmer mal in rotes und mal in blaues Licht tauchen.

»Ein Hotel?«

Meine Eltern sind im Chor irritiert.

»War nur so eine Idee.«

»Ich hätte dich gerne bei mir«, sagt mein Vater irgendwann leise.

Wenn er wütend ist und sehr laut, finde ich das ätzend. Wenn er so leise, fast tonlos spricht, kann ich das noch weniger ertragen.

»Ich denke drüber nach«, beschließe ich das Thema. Ich fühle mich plötzlich so erschöpft.

»Ich muss noch über vieles nachdenken«, hänge ich an. Meine Eltern verstehen nur langsam. Endlich gehen sie.

Als es dämmert, stehe ich wieder auf und setze mich an den Laptop. Direkt vor dem Krankenhaus ist ein Café mit Hotspot. Von dort kann ich E-Mails schicken.

Tag 0

Hi Laura,
du weißt ja schon Bescheid, was hier so passiert ist. Mum und Dad meinten, du würdest kommen, wenn ich das will! Jetzt kann ich dir auch noch deinen ganzen Traum von Amerika und Freiheit und so versauen. Ich muss nur sagen: »Komm!«, und schon lässt du alles stehen und liegen? Das könnte dir so passen! Bleib bloß da, wo du bist! Hast wohl Schiss und Heimweh, was? Und ich soll dafür herhalten, dass du dich da vor deiner riesigen Verantwortung mit zwei scheißenden und schreienden Blagen retten kannst? Vergiss es!
Vor zwei Monaten am Flughafen haben wir uns bestimmt nicht zum letzten Mal gesehen. So schnell wirst du mich nicht los! Da kannst du Gift drauf nehmen! Ich halte die paar Monate, bis du wiederkommst, schon durch.
Ich fühl mich auch gar nicht nach Sterben. Wie fühlt sich Sterben eigentlich an? Gerade fühl ich mich wie immer ... bis auf diese Scheißwut im Bauch! Diese ganzen Schwachmaten hier. Was haben die mir nicht alles erzählt von »gute Heilungschancen« und »in zwei Jahren bist du hiermit fertig«. Blablabla. Jetzt wär ich ja fast froh über zwei Jahre. Damals

war es der Super-GAU. Zwei Jahre mit Chemo und dem ganzen Quatsch verbringen? Jetzt klingt das wie ein Lottogewinn: »Herr Meyer, Sie sind in der glücklichen Lage, Chemotherapie für zwei Jahre gewonnen zu haben und danach ein fast ganz normales Leben zu führen! Herzlichen Glückwunsch!« Und jetzt? Was ist passiert in den letzten drei Jahren? (Hast du's gemerkt? Das ist schon ein Jahr mehr als zwei, Rechnen kann ich sogar noch. Super! Gehirn ist noch halbwegs intakt, auch wenn der Rest von der Seuche infiziert ist.) Jetzt hab ich wohl die Niete gezogen: »Lieber Nils, alles, was wir dir bisher versprochen haben, ist absoluter Quatsch! Bald bist du weg vom Fenster!« Zack! So sieht es aus.

So, Schwesterchen, das waren die Supernews von mir ... Und falls du zufällig von einem tollen Typen hörst, der 'ne Geheimwaffe gegen Leukämie entwickelt hat, lass es mich wissen. Dann wird ja vielleicht doch noch was aus einem Besuch bei dir. Dann jette ich einfach zu dir, der bombardiert mich mit seiner Erfindung (im Bombardieren sind die Amis doch besonders gut, oder?), und alles ist wieder gut.

Schöner Traum.

So langsam werd ich müde! Häng hier noch in der Klinik ab. Super Ort zum Chillen. Muss man sich um nix kümmern. So nette Schwestern mit Knackpopo (okay, nicht alle) bringen dir einmal am Tag 'ne warme Mahlzeit, morgens und abends gibt's außer trockenem Brot sogar etwas Wurst, Butter und Marmelade. Da könnte doch jeder Knacki neidisch werden, oder? Aber wo sollen sie auch sonst hin mit mir? Mum sagt zwar, ich kann zu ihr, aber ich weiß jetzt schon, wie sehr sich Super-Thomas über mein Erscheinen freuen wird. Gar nicht! Und dann diese kleine Zicke Maja den ganzen Tag um mich

rum. Nein danke! Zu Dad kann ich »natürlich« auch. Aber der ist ja nie da. Und ob ich alleine klarkomme? In meinem Zustand? Das will hier auch keiner verantworten. Also bleib ich erst noch etwas hier und chille rum.
Nur die Schule vermisse ich. Hättest du dir das vorstellen können? Dass ich so was mal sage? Nie im Leben! Aber es ist ja auch bald Schluss mit Leben. Vielleicht liegt es daran. Sagt man doch so, oder? Am Ende des Lebens wird man weise. Ich hör dich bis hierhin lachen, wenn du das liest. Nils und weise ... Ganz sicher nicht auf dieser Welt! Tja, Schwester, da ich aber schon auf dem Weg in die nächste Welt bin, ist die Lage etwas anders.
Nächste Welt ... Wie es da wohl aussieht? Lieber Gott mit Rauschebart? Oder Abenteuerland wie bei den »Brüdern Löwenherz«? Jetzt ist es aber echt zu spät für so philosophische Dinge. Ich werde eh vor euch wissen, wie es ist. Und dann werd ich es auch nicht verraten. Darüber können wir aber ein anderes Mal nachdenken. Hab dich jetzt lange genug zugetextet. Weiß grad gar nicht, wie spät es bei dir ist. In welche Richtung muss ich die Uhr umstellen? Und ... waren es sechs oder acht Stunden? Aber was ist schon Zeit?
Sei gedrückt!
Nils

Ich wache auf und habe noch schemenhafte Bilder im Kopf. Von einer Wohnung. Meiner Wohnung. Ich konnte über die ganze Stadt gucken. Ein absoluter Wolkenkratzer. Und hinter jedem Zimmer war noch ein Zimmer. Ich bin irgendwie die ganze Nacht von Raum zu Raum gelaufen. Nur waren alle Räume leer.

Hat mich aber nicht gestört. Ich muss an einen Urlaub denken, der ewig her ist. Wir hatten ein Haus an der Nordsee gemietet. Das war riesig. Viel zu groß für uns vier. Abends haben wir Verstecken im Dunkeln gespielt. Was hatte ich für einen Schiss damals! Dachte ich zumindest. Jetzt weiß ich, was Angst ist. Ich liege ganz starr da. In meinem Kopfkino taucht ein Bild nach dem nächsten auf. Wie Fotos im Entwicklungsbad. Ganz langsam nehmen die Bilder Konturen an. Formen, Gestalten tauchen auf. Ich drehe mich schnell auf den Bauch, versuche, wieder an die Wohnung zu denken. Die Traum-Wohnung. Ich werde nie eine eigene haben. Doch. Werde ich. Rund zwei Quadratmeter groß. Ein Single-Appartement quasi. Untergeschoss. Ich weiß nur noch nicht, wann der Mietvertrag beginnt.

Unter der Dusche versuche ich, die Gedanken abzuspülen. Plötzlich fallen mir die Mädchen ein. In dem Traum waren Mädchen. Ich konnte sie sehen, obwohl sie auf dem Balkon über mir saßen. Ich habe noch nie von Mädchen geträumt. Oder zumindest anders. Mit einem klebrigen Gefühl am Morgen.

Im braunen Zimmer sitzen Meike, Tobias und ein paar Leute, die ich noch nicht kenne. Ob es sich schon herumgesprochen hat? Nils hat die fristlose Kündigung vom lieben Gott. Ich kann da jetzt nicht reingehen. Will nicht mit ihnen reden. Ich drehe um und setze mich wieder an den Laptop.

Tag 1 nach 0 (Meine alte Rechnung: Tag 12 nach KMT, Tag 70 nach KMT etc. macht wohl keinen Sinn mehr, oder? Weißt du noch, was eine KMT ist? Knochenmarkstransplantation. Das Wort stammt aus der Zeit, als es noch eine erlogene Hoffnung gab. Jetzt führe ich meine eigene Zählweise ein. Gestern war Tag 0 vom Rest meines Lebens. Und heute ist Tag 1. Da hab ich doch schon einen gewonnen ... oder habe ich einen verloren?)

Also:
Einen schönen guten, was auch immer du gerade hast!
Du wirst es nicht glauben: Ich habe von süßen Mädchen geträumt. Ich bin mir nicht ganz sicher, aber ich glaube, das waren Engel.
Was für ein gruseliger Gedanke: Von Engeln abgeholt zu werden. So kleine blonde Wesen, mit langen Locken und Flügeln, die mit mir durch die Luft schweben. Nein, definitiv nicht!
Dann sollte mich doch lieber Kurt Cobain abholen. Meinst du, man sieht noch sein riesiges Loch im Kopf? Und dann empfängt er mich mit einem lässigen: »Come as you are ...« Und wir trinken diverse Bierchen auf euch hier unten. Kann man im Himmel Bier trinken? Und kriegt man einen Kater davon? Kann ja eigentlich nicht sein, oder? Man sagt doch, es gibt keine Schmerzen mehr, wenn man tot ist ... Muss ja auch wenigstens etwas Gutes haben, wenn man tot ist.
Ich werde dir dann meine Grüße aus dem Himmel als kleine Melodie rüberschicken. Weißt du? Wie bei den Brüdern Löwenherz, da hat doch der eine dem anderen eine weiße Taube geschickt oder so. Ich schick dir dann ein cooles Lied. Das ist doch viel geiler, oder? Dann weißt du, dass es mir gut

geht und dass ich gerade mit Kurt Cobain rumhänge. Tot sind wir ja schon. Dann kann ja nicht mehr viel passieren.

Oder was meinst du?

Ob Opa Hans auch da ist? Und Lumpi, mein alter Kanarienvogel? Oder gibt es für Tiere einen Extrahimmel? Oder gibt es gar nichts? Kein Kurt Cobain? Kein Opa Hans? Bin ich dann einfach endgültig weg vom Fenster?

Nur dunkle Leere in einem kalten Grab und langsam von den Würmern aufgefressen werden?

Vielleicht sollte ich mich verbrennen lassen. Dann könnte das schon mal nicht passieren. Dann würden die Flammen meinen verseuchten Körper oder das, was davon noch übrig ist, in Asche zerfallen lassen. Immerhin könnte ich dann schon mal eine Möglichkeit ausschließen. Denn der Gedanke an die Würmer in der kalten Erde ist nicht gerade prickelnd.

Aber: Fragt mich eigentlich jemand, was ich will?

Wer entscheidet das überhaupt?

Dad?

Mum?

Dass die beiden sich einig werden über meine Beerdigung, glaubt ja eh kein Mensch. Im Leben nicht!

Aber im Tod?

Ob ich ihnen das einfach sagen sollte? Hört mal zu, so und so hab ich mir das vorgestellt. Ich hab schon mal 'nen Plan gemacht. Es wäre sehr schön, wenn ihr nicht über meine Beerdigung streiten würdet. Aber dann bricht Mum zusammen und das ertrag‹ ich nicht!

Ich sollte besser einen Brief schreiben. Da schreib ich drauf: »Erst nach meinem Tod lesen«, und erkläre darin, wie sie das mit der Beerdigung machen sollen. Aber wo soll ich das Ding hinlegen, ohne dass sie es vorher finden und trotzdem noch rechtzeitig, bevor die ganze Sache schon durchgezogen ist? Keine Ahnung! Vielleicht fällt mir ein anderes Mal mehr dazu ein. Sorry, dass ich dich jetzt mit diesen wirren Gedanken alleine lasse, aber die Visite kommt gleich, und vorher wollen die noch Blut von mir. Ob Ärzte mit Vampiren verwandt sind? Die wollen doch auch immer Blut, Blut, Blut. Bald bin ich leer gelutscht. Dann sterb ich an Blutarmut und nicht an Leukämie. Was soll's.

Ich meld mich!

Ciao! Nils

Es kommt die ganz große Besetzung. Zwei Ärzte, ein paar Schwestern, eine Psychotussi, ein Zivi. Es ist echt voll in meinem Zimmer.

»Soll ich noch Stühle holen, damit alle sitzen können?«, frage ich laut.

Keiner antwortet.

»Ach, das ist eine Stehparty? Sie werden wohl nichts dagegen haben, dass ich mich hinlege. Ich will mich schon mal daran gewöhnen.«

Zwei der Schwestern gucken so angestrengt auf den Boden, als hätten sie ihre Kontaktlinsen da verloren.

»Hast du gut geschlafen?«

Was ist das denn für eine verfickte Scheißfrage? Ich gucke den Arzt erstaunt an. War das ein Witz von ihm, den ich nicht verstanden habe? Und was, wenn ich nicht gut geschlafen habe? Ändert das irgendwas? Ist es wichtig, dass ich gut ausgeschlafen ins Gras beiße? Gibt es einen Aberglauben, dass man besser nicht müde stirbt? Sonst schafft man womöglich die Reise ins Jenseits nicht. Pennt unterwegs aus Versehen ein und verpasst die Abfahrt zum Paradies. Das wäre natürlich saudoof.

Der ganze Tross will mit mir darüber reden, wie es jetzt weitergeht.

»Ich dachte, das genau ist das Problem, dass es eben nicht weitergeht. Oder habe ich was falsch verstanden?«

Habe ich offenbar nicht. Eigentlich können sie nichts mehr für mich tun. Aber sie können noch so tun, als könnten sie was für mich tun. Konkret heißt das: Ich kann noch ein bisschen Chemotherapie bekommen, damit ich ein bisschen gesünder bin, wenn die Lichter ausgehen. Das hört sich an, als würde man über Afrika Speisekarten abwerfen. Hier. Wir haben zwar nichts zu essen für euch. Aber wir können euch mal zeigen, was bei uns so auf den Tisch kommt. Dann verhungert ihr wenigstens mit dem Gedanken an was Leckeres.

»Was soll diese neue Chemo denn wirklich bringen?«, frage ich schließlich.

»Wir können den Prozess ein bisschen hinauszögern«, sagt Dr. Boll schließlich.

»Drei Jahre? Vier Jahre?«, hake ich nach.

»So lange nicht«, gibt er zu.

Ich traue mich nicht, ihn zu fragen, wie lange wohl. Von sich aus sagt er nichts. Vielleicht reden wir hier ja über Tage. Vielleicht läuft in mir längst eine Art Notstrom. Vielleicht leuchten schon alle Reservelampen.

»Können Sie das nicht mit meinen Eltern besprechen?«

Mich nervt dieser Auflauf hier so langsam.

»Nils, es geht doch um dich.«

Ich lache gegen meinen Willen.

»Es geht um mich, aber bei mir geht nichts mehr. Rien ne va plus. Wenn Sie noch ein paar alte Chemoampullen haben, die Sie loswerden müssen, ehe das Haltbarkeitsdatum abläuft, können Sie das Zeug gerne in mich reinjagen. Ist mir egal.«

Ein paar Worte werden leise gewechselt. Ein paar Blicke auch. Dann zieht sich das Rudel zurück.

Die Psychologin bleibt einfach. Als hätte sie eine persönliche Einladung von mir. Sie erinnert mich an ein Erdmännchen. Alles an ihr ist bräunlich. Ein dunkelbrauner Rock, durchfallbraune Schuhe, ein kackbraunes T-Shirt, darüber eine rostige Weste. Braune Knopfaugen fixieren mich, dazu bewegt sie den Kopf immer in so kurzen hektischen Bewegungen. Wie ein nervöses Erdmännchen eben.

»Wie fühlst du dich?«

Eine blödere Frage ist ihr echt nicht eingefallen.

Ich hole Luft.

»Wie ich mich fühle? Einfach großartig. Ich bin einfach so erleichtert. Endlich muss ich mir keinen Kopf mehr darum machen, was ich mal werden will. Ich habe da schon stundenlang drüber nachgedacht und konnte mich einfach nicht entscheiden. Sportreporter hätte ich echt cool gefunden. Aber da ist man ja immer nur unterwegs. Jura interessiert mich auch. Obwohl das Studium hammerschwer sein soll. Aber: Zack! Das Problem habe ich nicht mehr. Ich werde nämlich nichts. Gar nichts. Ich muss noch nicht mal mehr für die Schule pauken. Herrlich. Keine seitenlangen Interpretationen von Herz-Schmerz-Gedichten. Das hat mich so angekotzt. Plötzlich bin ich frei. Es fühlt sich einfach himmlisch an.«

Ich hebe die Arme zum Lobgesang in die Luft.

Das Erdmännchen hat mittlerweile eine Brille aufgesetzt, mit der man Feuer machen kann. Im Ernst. Ich frage mich, ob mich die Frau vorher überhaupt gesehen hat. Sie kritzelt irgendwas in einen Block. Und zwar mit einem Vierfarbenkuli. Ich wusste gar nicht, dass es die noch gibt.

»Und was macht dich traurig?«

Diese Frau zieht echt alle Register eines VHS-Psychologiekurses für Anfänger. Ich stütze meinen Kopf in die eine Hand. Gucke aus dem Fenster. Ruckartig ziehe ich die Beine an die Brust. Lege die Stirn auf die Knie. Die typische Körperhaltung für »Ich fühle mich so klein und schutzlos und ängstlich«. Ich habe nämlich mal einen VHS-Kursus Körpersprache besucht. Besuchen müssen – weil ich damals eine Wette gegen Laura verloren hatte.

»Es gibt etwas, was mich wirklich traurig macht«, sage ich leise.

Ich spüre, wie sie sich ein bisschen vorlehnt.

Ich gucke kurz hoch.

»Dass es am Krankenhaus-Kiosk keinen Alk gibt.«

Sie steht auf und geht. Verabschiedet sich noch nicht mal. Ihr Problem. Ich bin eh ein bisschen beleidigt, dass mir jetzt so eine Aushilfspsychologin geschickt wird. Bis jetzt war ich immer Chefsache. Lohnt vielleicht nicht mehr.

Ich lasse mir Zeit beim Mittagessen. Die letzten Möhren sind schon ganz kalt, als ich sie in den Mund schiebe. Es ist trotzdem erst halb eins. Was soll ich jetzt machen? Was kann ich tun, damit es bloß schnell Abend wird und ich mich vor die Glotze knallen darf? Natürlich könnte ich auch schon jetzt bei Vera und Britt und wie sie alle heißen, reinzappen. Ich könnte mich zublubbern lassen. Ich würde mich vor mir selber schämen. Wie oft habe ich mir das Maul zerrissen über die abgefuckten Gestalten, die sich hier schon am Nachmittag von Soap zu Soap hangeln, die sich mit glasigem Blick Gerichtsshows reinziehen. Jetzt bin ich selber auf dem besten Wege dahin. Ich habe keinen Bock mehr auf meine Fußballhefte. Für die Schule zu lernen, macht ja auch keinen Sinn mehr. Aber ich könnte vielleicht trotzdem hingehen! Ich habe keinen Nerv mehr auf irgendwelche Chatrooms. Wie soll ich irgendjemandem auch nur ansatzweise erklären, was bei mir gerade abgeht?

Halb zwei. Ich sitze seit einer Stunde auf meinem Bett und mache nichts. Vielleicht habe ich schon angefangen, mich debil hin und her zu wiegen. Vor der Tür geht jemand mit einem scheppernden Infusionsständer vorbei. Ich stehe schnell auf. Ich muss was tun. Ganz schnell. Sonst werde ich wahnsinnig. Ich muss mein Leben planen. Zumindest den Rest. Ich muss hier raus. Schnell fahre ich den Rechner hoch.

Tag 1,5

Liebe Laura,
jetzt bekommst du schon mehrfach täglich Post von mir. Gewöhn dich nicht dran. Glaub bloß nicht, dass das so bleibt. Sicher nicht! Wenn ich hier erst mal raus bin, hab ich nicht mehr so viel Zeit. Habe ich ja sowieso nicht mehr, aber dann werde ich die Zeit, die ich übrig habe, besser nutzen, als am Rechner zu sitzen und dir was vorzujammern.
Ich überlege, ob ich nicht wieder zur Schule gehen soll. Bildung ist bekanntlich immer gut und wichtig. Außerdem sehe ich dann Jan und Alex wieder. Die Lehrer können mir ja jetzt egal sein. Glaubst du, die lassen mich jetzt einfach machen, was ich will? Ob Mum und Dad ihnen schon Bescheid gesagt haben, was hier los ist? Vielleicht denken die Pauker nun: »Beim Nils ist das nicht mehr so schlimm. Abi macht der sowieso nicht mehr.« Aber dann wird sich die Klasse ganz schön wundern. Die wissen doch noch nicht Bescheid, oder? Muss ich mit denen sprechen? Oder müssen die gar nichts davon wissen? Aber dann bin ich vielleicht einfach plötzlich weg.
Zumindest Alex und Jan sollte ich sagen, wie es aussieht. Oder? Wie sagt man so was?
»Hallo Leute, ich kratz bald ab. Wollte nur, dass ihr Bescheid wisst.«
Vielleicht sag ich doch nichts. Die sind dann bestimmt alle total komisch. Denken, ich bräuchte eine Sonderbehandlung. Nee, definitiv nicht! Von mir erfährt keiner was! Das ist ganz alleine mein Ding.
Danke fürs Zuhören bzw. Lesen.
Dein Nils

Die Gedanken machen mich fertig. Jan und Alex. Wie lang ist es her, dass wir ganz entspannt irgendwo abgehangen haben? Oder gekickt haben? Oder Musik gehört haben? Ohne auch nur einen schweren Gedanken. Ein Leben? Zwei Leben? In meinem Leben wird das nicht mehr passieren. Die Leichtigkeit ist raus. Ich kriege plötzlich eine Scheißwut. Ich spüre, wie sich heiße brodelnde Klumpen in mir formen. Warum? Verdammte Scheiße. Warum? Ich kann mich noch so gut an den Morgen erinnern, als plötzlich alles kippte. Ich war wochenlang irgendwie schlapp gewesen. Immer müde und so. Gar nicht richtig krank, nur so groggy. Irgendwann ist meine Mutter mit mir zu unserem Hausarzt. An dem besagten Morgen musste ich zum Blutabnehmen in die Praxis. Ich kann mich so gut daran erinnern, weil ich das so überflüssig fand. Nur weil ich mal einen kleinen Durchhänger hatte, musste ich ohne Frühstück um sieben Uhr morgens zum Arzt. Noch nicht mal die erste Stunde in der Penne konnte ich dadurch sparen. Zwei Tage später musste Mum in der Praxis anrufen. Mir war klar: Ich sollte jetzt ein paar Brausetabletten einwerfen, Kalzium oder Magnesium oder so 'n Zeug, und wär' wieder fit. Ich musste aber noch mal zum Blutabnehmen. Direkt in die Uniklinik. Damit ging es damals los. Der erste Verdacht, die ersten Heulattacken bei meiner Mutter, die ersten ellenlangen Stunden in irgendwelchen Wartezimmern mit langweiligen Zeitschriften. Meine erste Vorahnung, dass mein Leben aus der Spur geraten war. Dann die Gewissheit. Leukämie. Ich fand, dass das nicht so schlimm klang. Irgendwie fast ein elegantes Wort. Irgendwann habe ich verstanden. Seitdem sage ich: Krebs. Das klingt so, wie es sich anfühlt. Wenn man von innen aufgefressen wird. Wenn böse Dämonen in einem wüten. Wenn der Tod an einem nagt. Wie eine gemeine fiese Ratte mit kalten Augen und einem fetten Schwanz.

Ich möchte gerne was kaputtmachen. So wie ich langsam zerstört werde. Aber was kann man in einem Krankenzimmer schon auseinandernehmen? Ich trete vor den Nachttisch, der gegen die Wand scheppert. Ein paar Bücher fallen runter. Das Telefon kann sich halten. So sieht also der Wutanfall von einem Todkranken aus. Lächerlich. Ich schlage gegen die Wand. Erst mit der flachen Hand. Dann mit der Faust. Erst tut es fürchterlich weh. Doch mit meiner Wut wächst das taube Gefühl. Ich sehe der Wand an, dass meine Faust offenbar blutet. Ich stütze mich mit der linken Hand ab, hole immer und immer wieder mit der rechten Hand aus. Ich haue dem Leben in die Fresse. In die grinsende Grimasse.

Wie oft habe ich gehört, dass ich für irgendwas noch zu jung bin. Für lange Partys, für ein vernünftiges Moped. Immer musste ich warten. Bis ich endlich groß genug war, um ins Kino zu gehen. Um alleine mit dem Bus in die Stadt zu fahren. Um abends alleine zu Hause zu bleiben. Die meiste Zeit meines Lebens habe ich mit Warten verbracht. Jetzt warte ich wieder. Aufs Ende.

Fast immer war ich fürs Leben zu klein. Aber groß genug fürs Sterben soll ich plötzlich sein.

Ich habe aufgehört, auf die Wand einzuprügeln. Ich stehe atemlos vor ihr und muss plötzlich heulen. Nicht nur, weil die Hand so scheißenweh tut. Ich bin so machtlos. Ich kann einfach nichts tun. Gar nichts. Egal, was ich versuche, ich kann es nicht ändern. Niemand kann es. Das Urteil ist endgültig. Es kann keine Begnadigung in letzter Sekunde geben. Und diese letzte Sekunde ist nicht mehr weit. Ich werde ein allerletztes Mal Mum und Dad sehen. Vielleicht wird Mum mein Ohr reiben. Das musste sie schon früher immer tun, wenn ich nicht einschlafen konnte, weil überall Monster waren. Wenn sie meine Ohrmuschel zwischen Daumen und Zeigefinger leicht reibt, lösen sich die Monster auf. Ich würde mir wünschen, dass sie das ganz zum Schluss auch tut. Damit ich eben besser einschlafen kann. Ein letztes Mal. Ich werde ihr das niemals sagen können. Dann werde ich ein allerletztes Mal einatmen. Ich habe gehört, dass Sterbende ganz zum Schluss noch mal einatmen. Wofür? Wofür brauchen sie die Luft? Geht es doch weiter? Öffnet sich eine Tür?

Ich habe so eine kalte Angst.

Ich war mit meinen Eltern mal in so einer abgefahrenen Zirkus-Vorstellung. Cirque de irgendwas. Da war ein junges Mädchen, das in einer durchsichtigen Plastikkugel die irrsten Kunststücke gemacht hat. Spagat, Salto und so. Ganz zum Schluss wurde klar, dass die Kugel nicht geschlossen war, dass das Mädchen die ganze Zeit zwei Hälften zusammengehalten hat. Ich lebe in so einer durchsichtigen Kugel. Und ich habe

Angst, dass die Hälften auseinanderbrechen. Ich habe keinen Bock auf noch mehr Realität. Ich streiche ziemlich orientierungslos durch die Flure. Oder ich liege auf meinem Bett. Meine Gedanken ziehen in zwei völlig verschiedene Richtungen. Dabei klammer ich mich an meinem Leben fest. Versuche, meine Welt zusammenzuhalten.

Manchmal denke ich, jetzt wäre genau der richtige Zeitpunkt, um mit meinem Leben anzufangen. Wenn ich drauf bestehe, bekomme ich vielleicht wirklich meine eigene kleine Wohnung. Wo ich meine Poster aufhängen kann, wo nicht den ganzen Tag das Küchenradio dudelt wie bei meiner Mum. Wo es kackegal ist, ob das Bett gemacht ist. Wo Alkopops nicht auf direktem Weg in die Heroinsucht führen.

Irgendwann hat Anni uns doch mal von so einem Verein erzählt, der letzte Wünsche erfüllt. Das wäre doch mal ein geiler Wunsch. Vielleicht sogar was für »Einsatz in vier Wänden« oder wie diese Einzug-Shows heißen. Dann könnte ich mir vielleicht sogar auf Kosten von RTL eine geile Anlage aussuchen. Ich kann denen ja klarmachen, dass sie die eh bald wieder umtauschen können. Dann gibt es sogar das Geld zurück.

Als es die nächste Mahlzeit gibt, frage ich die Schwester.

»Wo ist eigentlich unsere Animateurin?«

»Wer?«

»Na, Anni, die Spieltante.«

Die Schwester grinst. Kurz zumindest. Anni kriegt

immer die Krise, wenn wir sie Animateurin nennen. Dabei ist das genau ihr Ding. Sie soll uns bespaßen. Wir waren mit ihr schon mal bei einem Fußballspiel, haben eine Klinik-Rallye gemacht und so. Irgendwann habe ich sie mal gefragt, warum sie ihren Job nicht lieber auf Ibiza in einem All-inclusive-Hotel macht.

»Die Leute da sind mir zu krank«, hatte sie nur gesagt.

Noch ehe ich mich nach dem Essen auf die Suche nach Anni machen kann, ziehen mich meine Gedanken in die andere Richtung. Ich sehe mich alleine in einer leeren Wohnung sitzen und kriege Panik. Was, wenn dann die Schmerzen kommen? Mich wie ein Tier anspringen? Was, wenn mich die Angst wegspült? Das halte ich nicht aus. Allein bei der Vorstellung mache ich mich ganz klein im Bett. Ziehe die Beine ran, mache den Rücken ganz rund.

Als meine Mutter reinkommt und mich so sieht, erschrickt sie.

»Tut dir was weh?«

Sie hat schon die Hand am Klingelknopf.

»Nein, ich war nur plötzlich müde«, lüge ich sie an und versuche, mich gegen die Angst zu strecken.

»Bist du heute noch gar nicht aufgestanden?«

»Doch, klar. Wie spät ist es denn?«

»Gleich halb vier.«

Ich wundere mich. Ich hätte schwören können, dass es noch früher ist. Dass da noch mehr Zeit ist. Ich bin wie in Trance. Im Bad klatsche ich mir kaltes Wasser ins Gesicht. Ich muss wieder klar werden. Mir klar werden. Über mich. Da ist so vieles. Ich weiß gar nicht, wo ich anfangen soll.

»Vielleicht sollte ich eine Liste machen mit Dingen, die ich unbedingt noch machen will«, sage ich, als ich vom Klo wiederkomme.

»Das wäre bestimmt gut«, stimmt meine Mutter zu. Nach einer kurzen Pause fragt sie vorsichtig: »Weißt du schon was?«

»Einen Porno gucken«, schießt es aus mir raus. Das ist totaler Schwachsinn. Alex und ich haben uns schon mal einen ausgeliehen und nach einer halben Stunde ausgemacht. Das war nur peinlich. Meine Mutter bleibt ganz cool.

»Haben die hier im Krankenhaus denn Videorekorder oder DVD-Player?«

»Wieso? Die gibt es doch hier im Pay-TV.«

»Was?«

Meine Mutter ist fassungslos. Sie starrt mich an. Ihre Augen weit auf. Ihr Mund auch. Ich schaffe es nur zwei, drei Sekunden, cool zu bleiben. Dann muss ich losbrüllen. Ich lache, bis ich einen Hustenflash bekomme. Meine Mutter knallt mir das Kissen auf den Kopf. Sie ist knallrot, lacht ihr kehliges Lachen.

»Du Mistkerl. Wie kannst du mich so veräppeln? Mir ist fast das Herz stehen geblieben.«

Mit ihrer letzten Bemerkung stirbt das Lachen.

Aber immerhin. Für ein paar Sekunden war der Tod nicht im Zimmer.

Nach dem Abendessen spaziere ich wieder über die Flure. Die Stationen riechen unterschiedlich. Am meisten stinkt es auf »Innere Männer«. Vielleicht stinkt es auch bei uns am meisten, und ich merke das schon gar nicht mehr, weil es so vertraut ist. Zu vertraut. Gleichzeitig habe ich das Gefühl, hier nicht mehr hinzugehören. Hier ist man, um wieder auf die Beine zu kommen. Mir haben sie hier den Boden unter den Füßen weggezogen. Der einzige Grund, hier zu sein, ist: gesund werden. Oder ein bisschen gesünder zumindest. Die Aussicht auf Besserung macht es erträglich. Nur deswegen halten alle hier durch. Weil die Schmerzen aufhören sollen, die Blutungen. Weil die Werte wieder besser werden müssen. Das allein ist die Motivation. Das hilft auch durch die lange Zeit vor der Transplantation. Durch die langen grauen Stunden, ehe endlich das neue Blut reingepumpt wird und Hoffnung verströmt. Danach fühlt man sich wie neugeboren. Zumindest in Gedanken. Alles wird besser. Dafür hat sich alles gelohnt. Für mich lohnt sich hier nichts mehr. Für mich gibt es nichts mehr zu gewinnen. Ich stehe vor einer riesigen Lostrommel voll mit Nieten.

Ich habe hier schon ein paarmal meine Koffer gepackt. Beim ersten Abschied habe ich ganz übermütig ein Foto von mir dagelassen. Als Erinnerung. Ich wusste ja damals nicht, dass ich schon bald wieder hier sein sollte. Vielleicht hängt es ja noch im Schwesternzimmer an der Pinnwand. Dann können sie bald ein schwarzes Kreuz draufmalen.

Am nächsten Morgen gehe ich direkt nach dem Frühstück wieder los. Ich setze mich in die Cafeteria, belausche ein paar Gespräche. Komisch, die Leute in Jogginganzügen oder Bademänteln reden fast nur von Sachen draußen. Vom Wetter. Von den Nachbarn, von Zeitungsschlagzeilen. Höchstens mal vom Zimmernachbarn. Die Besucher wollen was von drinnen wissen. Ob die Visite schon da war. Was denn der Arzt gesagt hat. Dann gibt es kurze Antworten und die nächste Frage nach dem Leben jenseits. Also jenseits des Krankenhauses. Alle hier sind auf der Durchreise. Für mich ist es irgendwie Endstation. Auch, wenn ich jetzt meinen Koffer wieder packen sollte. Eine Zukunft habe ich nicht. Egal, wohin ich gehe.

Im Foyer herrscht Bahnhofsatmosphäre. Bei mir im Zimmer irgendwie auch. Tobias liegt seit gestern bei mir. Der Typ kriegt dauernd Besuch. Mama, Papa, Oma, ein paar Kumpels und natürlich andere Patienten von unserer Station. Das nervt, obwohl Tobias so echt ganz okay ist. Er ist nur so verdammt gut gelaunt, weil er wohl nächste Woche wieder rauskommt. Glaubt er zumindest.

Ich bin ganz erstaunt, als die Tür aufgeht und jemand nach mir fragt. Als ich mich umdrehe, sehe ich, dass es der Boll ist. Mir wäre lieber, ich hätte keinen Besuch bekommen. Er ist kaum raus, da schnappe ich mir den Laptop.

Tag 2

Oh Mann, jetzt wird's konkret! Dr. Boll sagt, ich müsse nun darüber nachdenken, wo ich »zunächst einmal« hinmöchte. Das bisschen Chemo, was ich noch bekomme, könne ich auch ambulant kriegen und mir ginge es doch momentan ganz gut.
Ich sag's dir Laura, die brauchen mein Bett und schmeißen mich raus. Ist momentan rappelvoll auf der Station. Muss das Aprilwetter sein, fast alle wegen Fieber hier. Damit kann ich nicht dienen.
Sie werden mich nicht direkt vor die Tür setzen. Aber ich muss mir doch schleunigst überlegen, in welcher Bude ich unterkomme:
Mum – Dad – Mum – Dad, ich kann ja so ein Gänseblümchen rupfen.
Aber in der Wiese wühlen soll ich ja nicht, wegen der bösen Keime. Oder ist das jetzt auch schon egal?
Vielleicht sollte ich das Thema mit der eigenen Wohnung noch mal ansprechen.
Dr. Boll will mir die Psycholeute auf den Hals hetzen. Die könnten mir bei der Entscheidung helfen. Herr Frantzen ist der Chef-Psychologe hier. Eigentlich 'n netter Kerl, aber das Gequatsche bringt doch auch nix. Mit Anni, der »Spieltante«, kann man ganz gut klarkommen, aber wenn ich mit der rede, geht es eher um das letzte Länderspiel, die Theatertruppe des Krankenhauses oder ähnlich wichtige Themen. Ich will mit diesen ganzen Sozial- und Psychoheinis ja gar nicht mein Leben teilen. Das bisschen Leben, das mir noch bleibt, würde ich lieber mit Leuten verbringen, die mir wichtig sind!

Aber weiter bin ich jetzt mit der Lösung meines Wohnproblems auch nicht gekommen.
Ich sollte erst mal zu Dad gehen. Oder was meinst du?
Wie lange ist dann wohl »erst mal«? Wann fängt »letzt mal« an?
Nils

Ich kann es ihr nicht sagen. Meine Mutter ist am Abend noch mal kurz vorbeigekommen. Sie sitzt an meinem Bett und sieht so weich und verletzlich aus. Ich kann ihr nicht sagen, dass ich zu meinem Vater will.

Bei ihm sterben will.

Ich will ja gar nicht sterben.

Ich ziehe die Decke höher über meine Schultern. Mum legt ihren Kopf mit auf mein Kissen, guckt mir auf kürzestem Weg in die Augen. Es tut so gut. Alles um uns verschwindet. Alle Stimmen, alle fiesen Gerüche, alle Gedanken.

Vielleicht könnten Thomas und Klein-Maja ja zu Dad ziehen. Dann kann ich zu meiner Mum. Dann habe ich sie ganz für mich. Ist ja nicht für lange.

Für wie lange wohl?

Schon vor dem Frühstück wird es draußen laut. Auf der Station ist zurzeit echt die Hölle los. Im braunen Zimmer erzählt Meike mir, dass es noch einen Neuzugang gegeben hat. Und weil die erst mal alleine liegen soll, musste wieder rumgerückt werden. Meike liegt jetzt doch wieder mit Sophie auf einem Zimmer. Das sollte eigentlich vermieden werden. Entweder die beiden flippen total rum, weil sie zusammen Party machen. Oder sie flippen wieder beide aus, weil sie sich gegenseitig hassen oder in der absoluten Depri-Phase stecken. Vor zwei Wochen haben sie schon mal auf einem Zimmer gelegen. Nach einem Zoff hat Sophie echt beide Nachttische von innen vor die Tür gestellt und sich damit eingeschlossen. Das hat richtig Ärger gegeben. Anlass war wohl, dass Meike Kosmetikzeugs von Sophie genommen hatte.

»Vielleicht bleibt die Neue ja nicht lange«, hofft Meike und blättert in irgendeinem Magazin.

»Stimmt. Vielleicht hast du ja Glück und sie kratzt bald ab«, kontere ich.

»Wie bist du denn drauf? So habe ich das doch gar nicht gemeint.«

Meike ist beleidigt und ein bisschen kleinlaut.

»Dann red nicht so 'n Mist.«

Ich lasse sie mit ihrem bunten Blatt alleine. An der Tür drehe ich mich noch mal um.

»Du solltest doch noch mal versuchen, heimlich an Sophies Schminkkram zu kommen. So siehst du nämlich echt kacke aus.«

Meinem Dad kann ich es auch nicht sagen. Ich kann nicht sagen: »Ich will zu dir«. Ich käme mir fast aufdringlich vor. Ich habe Angst, dass er das eigentlich nicht will. Habe Angst, dass er Angst davor hat. Er legt mir die neuesten Sportmagazine aufs Bett. Um kurz vor halb vier drängelt er.

»Komm, lass uns runtergehen.«

In den letzten Wochen haben wir das oft gemacht. Samstagnachmittags haben wir uns an sein Auto auf dem Parkplatz gestellt und Bundesliga gehört. Bei Regen haben wir die große Kofferraumklappe aufgemacht und uns hinten auf die Kante gesetzt. Ich habe da keinen Bock mehr drauf. Wer weiß, ob ich überhaupt noch mitkriege, wer Meister wird. Ihm das zu sagen, traue ich mich auch nicht. Also gehe ich mit. Ich kriege sogar ein Lächeln hin, als der FC in der 82. Minute noch den Ausgleich schafft. Ich denke die ganze Zeit an die vielen Nachmittage im Stadion. Die Gänsehaut, das gemeinsame Grölen, das rhythmische Klatschen. Nie wieder. Um kurz nach fünf halte ich es nicht mehr aus.

»Ich gehe schon mal hoch.«

Mein Vater starrt mich an.

»Jetzt? Es sind noch fünf Minuten. Vielleicht gewinnen wir ja noch.«

»Ich habe nichts mehr zu gewinnen, Dad.«

Ich liege auf dem Bett, als er reinkommt.

Er sagt nichts. Kann ich verstehen. Was soll er auch sagen? Zu dieser Kacke hier fällt einem doch echt nichts ein. Ich spüre, wie unwohl er sich fühlt. Wie er sich in seiner Haut windet.

»Ich würde gerne schlafen«, sage ich irgendwann und erlöse ihn.

Ich kann natürlich nicht schlafen. In diesem blöden Zimmer gibt es auch keine Rollläden. Nur so schwere Vorhänge. Richtig dunkel wird es nicht. Aber richtig dunkel wird es für mich ja noch schnell genug. Auf meinem Nachttisch sehe ich das Heft und mein Etui. Meine Mum hat das mitgebracht. Falls ich was aufschreiben will. Ich überlege, was ich mal notieren könnte. Vielleicht meine Lebensgeschichte. Neuerdings schreibt doch schon jeder DSDS-Kandidat seine Biografie. Wahrscheinlich käme ich sogar mit dem dünnen Heft hin. So viel ist in meinem Leben ja noch nicht passiert. Ich streich das »noch« in meinen Gedanken. In der Schule mussten wir früher immer so doofe Aufsätze schreiben mit dem Titel »Mein schönstes Ferienerlebnis«. Ich könnte »Meine schönsten Lebenserlebnisse« aufschreiben. Mir fällt mein erstes Fußballturnier ein. Damals war ich noch Torwart und ich habe echt einen Strafstoß gehalten. Na ja, wirklich gehalten habe ich ihn nicht, ich bin eher angeschossen worden, und der Ball ist von mir abgeprallt, aber mein Team hat mich gefeiert. Als sie versucht haben, mich auf die Schultern zu nehmen, bin ich auf den Ascheplatz geplumpst und habe mir die Hand verstaucht. Beim nächsten Spiel saß ich dann auf der Bank. Aber es gibt ein schönes Foto. Ich stehe da rot verschmiert, mit Ball unterm Arm und mit Wackelmilchzähnen im Mund. Ich habe einen dicken Kloß im Hals. Ungefähr von der Größe eines Fußballs. Von meinem ersten Klammerblues gibt es Gott sei Dank kein Foto. Auf der Klassenfete hatte mich Amelie gefragt, ob ich mit ihr tanze. Ausgerechnet Amelie. Sie war das Mädchen Nummer eins in unserer Klasse. Ihr Hintern war so prall, als könnte man da was drauf abstellen. Während des ganzen Songs hatte sie ihren Mund an meinem Hals. Direkt nach dem Lied hat sie sich umgedreht und ist zu ihren Freundinnen und ich stand mit einer riesigen Beule in der Hose auf der Tanzfläche. Ein halbes Jahr später ist Amelie weggezogen. Zum Abschied hat sie mir einen Kuss auf den Mund gegeben. Ganz trocken und weich. Ich weiß echt nicht, warum sie das getan hat. Vor allem: warum sie das nicht früher gemacht hat.

Wozu sollte ich das alles aufschreiben. Und für wen? Wer will das wohl alles mal lesen? Ich habe keinen Bock, dass meine Erinnerungen in irgendeinem Regal verblassen. Im schlimmsten Fall findet Maja irgendwann das Heft und lacht sich mit ihren zickigen Freundinnen über ihren toten Halbbruder schlapp, der mit einer Monsterlatte alleine auf einer Tanzfläche stand. Ich könnte meinen Eltern schreiben. Ihnen mal alles aufzählen, was ich kacke fand. Dann müssen sie bei meinem Geschmiere wenigstens nicht heulen. Im besten Fall lernt meine Mum noch was draus und macht es bei Maja besser. Ich würde ihnen aufschreiben, dass ich es superdoof fand, dass ich sie eine Zeit lang mit Vornamen anreden musste. Plötzlich durfte ich nicht mehr Mum und Dad sagen, sondern musste sie Ina und Andreas nennen. Ihre Begründung war damals, dass sie doch noch gar nicht so alt seien und mehr meine Freunde als meine Eltern sein wollten. Wenn es aber um Nachhausekommzeiten oder Zimmer aufräumen oder Hausaufgaben oder so was ging, waren sie wenig freundschaftlich. Manchmal noch nicht mal freundlich. Ich könnte meinem Dad mal sagen, dass eine Geburtstagsparty ziemlich uncool ist, wenn der Vater die ganze Zeit mit einem Fotoapparat im Anschlag dabeisitzt. Der Nachmittag war so entspannt wie eine Doppelstunde Chemie. Ich könnte ihm auch schreiben, dass es megapeinlich war, als er im Urlaub dauernd seine Gitarre rausgekramt hat. Wir waren damals mit ein paar Familien zum Zelten in Italien. Eigentlich okay. Aber mein Vater hat echt jeden Abend bei Einbruch der Dunkelheit seine Klampfe rausgeholt und so Lagerfeuer-Altfelgen-Musik gemacht. Gruselig. Und wo ich gerade dabei wäre, könnte ich meiner Mutter schreiben, dass sie sich nicht mehr oben ohne in die Sonne legen soll. Kann ja sein, dass das in ihrer Jugend okay war. Jetzt ist es das nicht mehr. Für Mädchen nicht. Und für Mütter schon mal gar nicht. Schlimm genug, dass sie Maja andauernd und überall gestillt hat. Manchmal hatte ich den Eindruck, die ist sofort rausgegangen, wenn die Kurze Schmacht bekommen hat. Dann hat sie sich in ein Café oder sonst wohin gesetzt und hat ihren Busen rausgeholt. Ich war mal mit ein paar Jungs bei ihr und Thomas im Garten, weil wir in dem Teich Kaulquappen fangen wollten. Da setzt sie sich echt daneben und macht die Bluse auf, um Maja den Nippel in den Mund zu stopfen. Die hatte noch nicht mal geschrien. Wahrscheinlich war die noch pappsatt.

Ich bin mittlerweile Kilometer vom Schlaf entfernt und werde immer wütender. Wenn ich es mir recht überlege, waren die vergangenen 16 Jahre echt nicht gerade der Hit. Jetzt müsste doch eigentlich mal die

Zeit der Wiedergutmachung anfangen. Jetzt müsste doch eigentlich mal das richtige Leben losgehen. Mit geilen Konzerten, mit Urlauben ohne Mum und Dad, mit Partys, einem Moped und so. Es ist doch scheißenungerecht, dass ich nur sechzehn Jahre bekomme, und das sind ausgerechnet die langweiligsten. Ich hätte lieber die von achtzehn bis vierunddreißig gehabt. Das wäre cooler gewesen. Mit dem Auto durch die Gegend cruisen. Vielleicht eine sexy Freundin. Die eigene Wohnung. Und nach vierunddreißig kommt ja so viel nicht mehr. Dann muss man viel Kohle nach Hause bringen. Dann hat man eine Frau, die man plötzlich doch nicht mehr so sexy findet und die Hängetitten bekommt. Oder man hat ein Haus und muss nur für die Hypotheken ackern. Und deswegen hat man keine Asche für einen vernünftigen Urlaub, sondern fährt jeden Sommer für drei Wochen auf einen schnarchigen Campingplatz im Sauerland, wo man billig den Wohnwagen der Schwiegereltern mieten kann. Vielleicht hat man auch doofe Kinder. So 'nen kleinen Fettsack mit dicker Brille, der den ganzen Tag vorm Computer daddelt. Horror. Da weiß man doch schon, wie die nächsten zwanzig Jahre aussehen. Da kann man doch auch abtreten. Aber mit 16 den Feldverweis zu bekommen, ist einfach scheiße.

Ich wache mit demselben tauben Gefühl auf, mit dem ich dann doch irgendwann eingeschlafen bin. Ich schaffe es, bis zum Mittagessen nichts zu tun. Ich überlege gerade, ob ich einfach wieder die Vorhänge zuziehen soll, um ein bisschen zu pennen, als Jan und Alex vor mir stehen.

»Hi, Alter.« Sie grinsen mich an.

»Was geht?«, will Alex wissen.

In meinem Kopf sind keine Worte. Bei mir geht nichts mehr. Soll ich das sagen? Wieso sind die so locker? Haben meine Eltern mit denen gesprochen und die machen hier auf gut gelaunt? Oder sind die einfach so stumpf?

»Hast du Ausgang? Wir hätten da was für dich«, sagt Jan geheimnisvoll.

»Was denn?« Wirklich neugierig bin ich eigentlich nicht.

»Musst schon mitkommen.«

Eigentlich habe ich keinen Bock. Die beiden haben hiermit nichts zu tun. Ausgerechnet jetzt kommt auch noch der Frantzen rein und setzt sich zu Tobi. Schlechtes Zeichen. Darauf habe ich jetzt erst recht keinen Bock.

Ich ziehe lieber im Bad meine Jeans an. Meine Beine sind so dürr geworden. Das muss ich denen ja nicht antun.

Sie gehen zielstrebig in den kleinen Krankenhauspark, direkt in die hinterste Ecke. Plötzlich verschwindet Jan in einem Gebüsch. Als er wieder rauskommt, hat er Hundescheiße am Schuh und eine Kühlbox in der Hand. Darin sind drei Pakete Schokoladeneis, extra herb, und vier Lemon-Weizen. Kurz: mein Lieblingsessen und mein Lieblingsgetränk. Ich weiß gar nicht, womit ich anfangen soll.

Wir machen es uns auf der Bank bequem. Wenn man vom dem Gestank absieht, der von Jans Schuh ausgeht, ist es echt okay.

Ein paarmal will ich es sagen. Dass meine Uhr abläuft und so. Ich schaffe es nicht, kann die Worte nicht aussprechen. Ich will sie nicht hören. Dadurch würde es irgendwie wahrer. Endlich schaffe ich einen Anfang.

»Letzte Woche hatte ich ein Scheißgespräch mit dem Doc hier.«

»Hat uns deine Mum erzählt«, kontert Alex sofort.

Damit ist alles gesagt.

Jedes weitere Wort ist überflüssig.

Als ich irgendwann wieder auf mein Zimmer gehe, ist mir schlecht. Und gut. Ich habe den ganzen Nachmittag das gemacht, was ich hier immer tue: nichts. Aber mit Jan und Alex fühlt es sich anders an. Ich schaffe es, nicht zu kotzen, schnappe mir stattdessen meinen Laptop.

Tag 4

Bin noch in der Klinik, ein bisschen Schonfrist hab ich wohl noch, ehe ich wieder ins neue Leben entlassen werde. In mein neues Leben mit Mr. Sensemann an meiner Seite. Vielleicht bleibt mir ja noch genug Zeit, mich mit ihm anzufreunden. Gevatter Tod: schwarzer Umhang, tief ins Gesicht gezogen, lange Hakennase, knorrige Finger, die die Sense umschlingen. Auf jeden Fall die eine Hand – die andere ist nach mir ausgestreckt. Noch hat er

mich nicht, schleicht nur unaufhörlich neben mir her. Seinen kalten feuchten Atem spüre und höre ich bei jedem Schritt. Schluss jetzt! Eigentlich wollte ich dir etwas anderes berichten: Jan und Alex waren da! Zufällig hat der Frantzen das mitbekommen. Er war gerade bei Tobi am Nachbarbett und hat versucht, an ihn »ranzukommen«. Ist echt lustig, da Mäuschen zu spielen. Von Intimsphäre haben die hier noch nie was gehört. Wird (fast) alles mitten auf der Station besprochen. Na ja, wenigstens hatte Dr. Boll die Güte, das besagte Gespräch letzte Woche in einem separaten Raum zu führen. Der Frantzen meinte nur: »Da ist das Trio ja wieder komplett!« Bald wird wohl aus dem Trio ein Duo werden. Aber Jan und Alex haben sich nichts anmerken lassen. Mum hat mit ihnen gesprochen. Ich weiß nur nicht, was genau sie gesagt hat. Die zwei waren wie immer. Tat gut, mal wieder normale Leute um sich rum zu haben!
Bis denne. Nils

Mit dem Abendessen erscheint der Boll. Er geht direkt auf mich zu. Ganz, ganz kurz habe ich Hoffnung. Er hat sich vertan. Er hat irgendwelche Blutergebnisse verwechselt. Oder es ist noch eine neue Chemo entdeckt worden, die perfekt auf meinen Krebs passt.

»Nils, du musst morgen noch mal zu einer Untersuchung. Dritter Stock. Kennst du ja. Halb zwölf. Sei pünktlich, okay?«

Ich weiß nicht genau, was sie da noch groß untersuchen wollen. Vielleicht hilft es mir ja doch noch. Sonst der Nachwelt.

Ich bin pünktlich um halb zwölf da und setze mich auf den letzten Stuhl im Wartebereich. Mir ist sofort klar, dass ich hier mindestens zwei Stunden in der Warteschleife hängen werde. Dass ich mit Sicherheit das Mittagessen verpasse. Scheißorganisation hier. Vielleicht sollte ich denen meine Handynummer geben. Dann könnten sie mich kurz ansimsen, wenn ich dran bin.

Neben mir bebt eine Zeitung. Im Ernst. Ich weiß nicht, wie das Mädchen neben mir bei dem Gezitter lesen kann. Ihre Hände flattern, als hätte sie Schüttelfrost. Ich gucke scheinbar unauffällig in ihre Richtung. Sie hat ein knallbuntes Tuch zu einem Turban gedreht. So afrikanisch irgendwie. Sieht cool aus. Außerdem habe ich das Tuch schon mal gesehen. Nach einer knappen halben Stunde fällt es mir endlich ein. Das Tuch habe ich in einem Zimmer auf unserer Station gesehen. Irgendwo stand eine Tür auf und in leichenblasser Bettwäsche leuchtete das Tuch. Das war das Zimmer direkt neben den Schwestern. Das Mädchen neben mir muss der Neuzugang sein.

»Du bist auch von der 2 A, oder?«, frage ich sie einfach.

»Was?«

Sie starrt mich an. Ich habe Angst, dass ihre Augen jeden Moment rausfallen. Da ist nur noch wenig Haut in ihrem Gesicht. Nur Knochen und die riesigen Augen. Ich stelle mir vor, sie fallen einfach runter. Kullern von ihrem Schoß auf den Boden, rollen über den grauen PVC und bleiben in einer Mischung aus Dreck,

Staub und Fiesem unter der Heizung liegen. Was für ein Anblick.

Im wahrsten Sinne.

Sie starrt immer noch.

»Du bist von der 2 A. Da liege ich auch«, sage ich langsam. Vielleicht spricht sie ja kein Deutsch.

»Du auch?«

Es ist wie ein geheimer Code. Wir erkennen uns. Wir sind unsichtbar verbunden.

»Ich habe so Durst. Weißt du, wo es hier was zu trinken gibt?«

Ihre Stimme ist Angst in jeder Silbe.

»Klar, komm mit.«

Wir gehen zum Wasserspender um die Ecke. Sie kippt zwei Becher, fast ohne zu schlucken, in sich rein.

»Verdursten ist wohl noch schlimmer, als am Krebs zu verrecken, oder?«

Ihre Nüchternheit zieht mir fast den Boden weg. Diese kühle Sachlichkeit passt nicht zu ihr.

Ich bin so dankbar, dass ich in dem Moment aufgerufen werde.

Tobi hat die Vorhänge zugezogen, hört irgendwas sehr Basslastiges über Kopfhörer. Es muss in seinem Kopf fürchterlich hämmern. Ich habe so meine Ahnung. Er wird nicht so schnell entlassen werden, wie er in den letzten Tagen geglaubt hat. Deswegen war der Doc gestern Abend bei ihm. Ich kenne diese Gespräche. Ich kenne das Gefühl, wenn es plötzlich Lava regnet. Wenn sich diese riesige Wut wie eine Faust in einem ballt.

Wenn Worte zu Tiefschlägen werden. Ich schleiche mich wieder raus. Will Tobi ersparen, dass er vor mir einen Heulflash kriegt. Dass er was von »Schnupfen« faseln muss, weil er dauernd in Tempos schnütet.

Bis zum Abendessen hänge ich im Gemeinschaftsraum ab. Gegen sechs verschwinden alle auf ihre Zimmer. Das Essen ist nicht so toll. Eher im Gegenteil. Aber es ist ein Programmpunkt. Als würde man zur Wende anschlagen und einen Moment Luft holen, ehe man wieder losstrampelt, um irgendwie über Wasser zu bleiben. Ich gehe leise in mein Zimmer. Zwei unberührte Tabletts stehen auf dem Tisch. Tobias betäubt sich immer noch mit Bässen, die er sich ohne Umwege direkt ins Mittelohr jagt. Ich lasse Brote und Aufschnitt in einer alten Zeitung verschwinden und werfe alles in den Müll. Ich weiß genau, dass Tobi jetzt keinen Bock auf eine Krankenschwester hat, die wissen will, warum er keinen Hunger hat. Ehrensache, dass ich auch nichts esse. Ich käme mir total blöd vor, wenn ich mir jetzt hier vor seinen Augen ein fettes Brot reinhauen würde.

Es fällt mir nicht so leicht. Immerhin hatte ich auch kein Mittagessen. Ich könnte ja zu der Neuen gehen und sie fragen, ob sie glaubt, dass Verhungern auch schlimmer ist, als am Krebs zu verrecken.

Natürlich tue ich das nicht.

In der Nacht versuche ich erst, so zu tun, als würde ich nichts merken. Stelle mich schlafend. Tobias tut mir so leid. Ich höre sein Schniefen, wie er sich immer wieder mit der Bettdecke die Nase abputzt, höre, wie er den

MP3-Player wieder einschaltet und plötzlich wieder auf den Nachttisch knallt. Ich weiß, welche Geister ihn jetzt besuchen. Irgendwann drücke ich den Rufknopf. Als die Schwester ihren Kopf zur Tür reinsteckt, zeige ich auf Tobi. Nach einem kurzen Gespräch bringt sie ihm zwei Schlaftabletten. Die wirken schnell. Trotzdem kann ich nicht schlafen. In mir steigt die Wut. Wie der Flusspegel beim Dauerregen. Was führt der Typ sich hier eigentlich so auf? Okay, vielleicht muss er noch eine Chemo dranhängen oder so. Aber von Krepieren hat ihm bestimmt keiner was gesagt. Was zieht der hier so eine Show ab? ER kommt doch wieder raus. Am liebsten würde ich ihn wecken. Ihm das alles mal ins Gesicht brüllen. Ihn mal fragen, ob er vielleicht mit mir tauschen will. Ich ertrage meine Gedanken nicht länger.,

Leise schleiche ich über den Flur und ins braune Zimmer. Auf der Couch kann ich mich fast ausstrecken. Und wenn ich mir ohne Decke eine Erkältung hole – who cares?

Natürlich wollte ich vorm Wecken wieder in meinem Bett sein. Leider schaffe ich das nicht. Um kurz nach sechs steht Schwester Ulla erschrocken vor mir.

»Was machst du hier?«

»Ich konnte in meinem Bett nicht schlafen. Tobias hat im Schlaf gesprochen. Das hat mich total genervt.«

Ihr Blick sagt: Ich glaube dir kein Wort, aber ich tue mal so.

Ich hätte mir denken können, dass sie sofort dem Frantzen Bericht erstattet. Um kurz nach neun sitzt er an meinem Bett. Vorher bin ich mal wieder verkabelt worden. Immerhin scheine ich wieder Chefsache zu sein und muss nicht mehr als Versuchskaninchen für Nachwuchs-Psychotussen herhalten. Trotzdem nervt mich der Seelendoc. Wenn sie meinen Körper nicht heilen können, warum kümmern sie sich um meine Psyche? Alleine kann die ja doch nicht weiterleben. Ist doch Perlen vor die Säue werfen. Direkt nach dem Mittagessen schnappe ich mir meinen Laptop.

Tag 6

Jetzt hat er mich doch erwischt, der Frantzen! Tobi war unterwegs zu 'ner Untersuchung. Ich saß hier im Zimmer fest, wegen der neuen TK-Gabe. (Die Anzahl meiner Thrombozyten, also die Teile in meinem Blut, die eigentlich dafür sorgen sollen, dass das Blut gerinnt und ich nicht ständig blaue Flecken und Nasenbluten bekomme, ist zu niedrig. Und da ich schon mal eine allergische Reaktion darauf hatte, muss ich brav im Bett hocken und an den Apparaten zur Überwachung bleiben. Ich soll ja nicht früher abdanken als eh schon nötig.)
Tja, und wie ich da so rumhing, hat er mich erwischt, der Psychoheinz. Erst hat er ganz harmlos angefangen, Small Talk und so, und dann wurde er konkret: Falls ich mit einer »neutralen Person« über meine Situation sprechen möchte, stünde er zur Verfügung. Manchmal tät' es ganz gut zu reden,

oft wollen Kinder ihre Eltern ja nicht zusätzlich belasten, man käme im Gespräch immer wieder auf andere Aspekte; es gäbe auch bestimmte Übungen, die helfen könnten, sich besser zu fühlen, leichter zu entspannen, möglichen Ängsten zu begegnen, bla, bla, bla. Und ich hing da und konnte nicht weg. Geschickt gemacht, der Kerl, was? Das Schlimme ist: Der ist auch noch echt nett dabei und hat mich fast rumgekriegt. Wenn ich wolle, könne er auch mit mir überlegen, wie es mit meiner »Wohnsituation« weitergehen kann. Er könne auch mit Mum und Dad sprechen.

Alles tolle Angebote, oder? Aber das Wichtigste kann auch der nicht: mich gesund machen!

Wozu also das Ganze?

Lass es Dir gut gehen.

Nils

Ich gucke gelangweilt zu, wie der Pegel in der Infusionsflasche sinkt, und versuche meine persönliche Entspannungsübung. An nichts denken. Nicht an das Schöne, weil das so wehtut. Nicht an das Fürchterliche, weil das auch wehtut. Es klappt nicht. Irgendein Gedanke taucht immer auf. Erinnerungen an die Kissenschlachten früher, sonntagmorgens mit meinen Eltern und Laura. An mein erstes Skirennen. Ich war fünf oder sechs und habe meine erste Medaille bekommen. Erst ein Jahre später habe ich gerafft, dass damals alle eine Medaille bekommen haben. Ich denke an den ersten Krankenhausbesuch. Ich war neun und mit dem Fahrrad vor einen Bus gefahren. Meine Mum hat den ganzen Krankenwagen vollgeflennt. Als wir in der Notaufnahme ankamen, war mein Dad schon da. Nach drei Tagen kam ich nach Hause und es hing ein riesiges »Welcome Home«-Schild über der Tür.

Das könnten sie doch jetzt wieder rauskramen. Ich frage mich zum tausendsten Mal, wo das Schild hängen soll. Wirklich bei meinem Dad? Ich bin unsicher. Er würde so verzweifelt versuchen, alles richtig zu machen, dass es mir nur peinlich wäre. Er würde so angestrengt normal tun, dass ich mich falsch fühlen müsste. »Es gibt kein richtiges Leben im Falschen.« Mir fällt nicht ein, wo ich das gehört habe. Aber es stimmt.

Meine Mum würde die ganze Zeit verkrampft ihre Tränen bekämpfen. Würde mir wieder was von Heuschnupfen erzählen. Ich müsste so tun, als würde ich nicht ihre Blicke auf mir spüren, die mich abtasten, einweben. Ich müsste gut gelaunt tun, damit sie nicht von ihrer Trauer weggespült wird. Das wäre mir ein bisschen lästig.

Ich will hierbleiben. Ich weiß es plötzlich. Klar, Tobi nervt. Der Frantzen auch. Meike ist einfach nur blöd. Aber die sind hier wenigstens echt. Und ich kann hier auch kacke sein, ohne ein schlechtes Gewissen haben zu müssen. Hier bin ich auch nie alleine. Der Gedanke, alleine in einer Wohnung zu sitzen, egal in welcher, hat mich fast am meisten kirre gemacht.

Ich bleibe einfach hier, richte mich hier häuslich ein. Vielleicht kann ich noch ein paar Poster von zu Hause aufhängen. Cool wäre es natürlich auch, wenn Dad meinen Sitzsack mitbringen könnte. Der ist riesig und perfekt zum Chillen.

Als der Boll später kurz seinen Kopf reinsteckt, winke ich ihm zu.

»Ich weiß übrigens, wo ich hinwill.«

Eine Augenbraue hebt sich über den Goldbrillenrand.

»Ich will hier bleiben. Hier ist mein Zuhause.«

Die Braue senkt sich, formiert sich mit dem Gegenstück zu einer Linie.

»Nils, das wird nicht gehen. Ich dachte, das wäre klar geworden.«

Ich glotze ihn an. Ich weiß ja, dass die Station voll ist und die jedes Bett brauchen. Aber dass die mich jetzt echt so einfach an die Sonne tun wollen, finde ich hammerhart. Klar, so ein Toter ist nicht gut für die Stimmung. Tut mir leid, dass ich die Party hier störe. Und für die Quote bin ich bestimmt auch schlecht. Wahrscheinlich gibt es so Krankenhaus-Studien mit Erfolgskurven. Da würde ich natürlich nicht gut aussehen. Ich bin schlecht für den Schnitt. So bin ich eine Nummer in der Entlassungsstatistik. Was immer dann mit mir passiert. Das ist denen hier doch egal. Ich störe einfach. Auf der ganzen Linie.

»Wir können ja später noch mal in Ruhe darüber reden«, räumt der Boll ganz gnädig ein. Ich kann noch nicht mal nicken. Er schließt die Tür und mir wird übel. Ich überlege, ob ich nicht einfach jetzt meine Jeans und meine Schuhe anziehe und gehe. Einfach den ersten Zug nehmen, der am Bahnhof hält. Ich wollte schon immer mal eine Karte ohne Rückfahrt kaufen. Komisch, das will man nur, wenn man weiß, dass es immer weitergeht. Seit es nicht mehr weitergeht, will ich nicht mehr weitergehen.

Ich will hier bleiben. Was soll ich denn in einer gesunden Welt? Wo die Sonne scheint, die Münder lachen. Wo es um den nächsten Urlaub geht. Darum, was man nach dem Abi macht oder um die nächste Party. Ich gehöre nicht mehr dazu. Ich habe die Verliererkarte gezogen: Gehen Sie sofort ins Gefängnis. Und auch, wenn ich jetzt woanders hingehe, mein Gefängnis nehme ich mit. Ich bin nicht mehr frei. Ich bin endlich.

Meine Beine stehen von alleine auf, gehen ins braune Zimmer. Die Gesichter hier mag ich nicht alle. Aber sie sind mir vertraut. Ich weiß sogar, welche Sender wo im Fernseher programmiert sind. Das wüsste ich bei meinem Dad nicht. Ich lasse mich auf die Couch fallen, höre dem Gelaber zu. Es wird dummes Zeug gefaselt, aber das ist immer noch besser als das, was in meinem Kopf gerade so abgeht. Als Schwester Nicola die Tür öffnet und mir sagt, dass meine Eltern da sind, habe ich noch nicht mal Bock aufzustehen. Dabei habe ich gestern schon gekniffen und gesagt, dass ich für Besuch keine Zeit hätte. Untersuchungen und so.

Ich gehe langsam auf sie zu. Neuerdings küsst mich sogar mein Vater zur Begrüßung.

»Ich habe eigentlich keine Zeit«, sage ich zur Eröffnung.

»Schon wieder Untersuchungen?«, fragt meine Mutter und streichelt mir über den Rücken. Neuerdings fasst sie mich an, wann und wo sie kann.

»Nee, wir treffen uns mit der Stationsgruppe. Spielenachmittag. Hatte mich schon drauf gefreut.«

Sie glauben mir den Schwachsinn.

»Sollen wir später wiederkommen?«

Meine Mutter sieht traurig aus. Aber wenn sie hierbleibt, werde ich wieder schlucken müssen und schlucken, damit ich nicht losheule. Ich schicke sie lieber weg.

»Kommt doch lieber morgen.«

Sie verabschieden sich langwierig und mit vielen Berührungen. Nicht untereinander, versteht sich. Als ich ihnen nachgucke, wie sie den Flur runtergehen, tun sie mir leid. Sie sind auch so hilflos. Sie wirken kleiner als früher.

Ich lasse mich wieder auf mein Bett fallen. Eins ist mir klar geworden. Ich muss hier bleiben. Für jeden von den beiden wäre ich eine Zumutung. Eine Last, die sie nicht tragen könnten. Und ich würde mich jede Sekunde als Belastung wahrnehmen. Sie würden mich aushalten. Ertragen.

Halten oder Tragen können sie mich nicht mehr.

Ich weiß genau, was ich zu tun habe.

Die Schwester braucht ewig. Normalerweise wird das Tablett spätestens nach einer Stunde wieder abgeholt. Heute Abend dauert es länger. Und ich sitze die ganze Zeit vor der Kloschüssel und warte. Ich darf meinen Einsatz nicht verpassen. Als endlich so eine Lernschwester reinkommt, ramme ich mir sofort den Zeigefinger in den Hals. Ich habe schon geübt und weiß, dass ich ihn echt tief reinstecken muss. Ich suche hektisch mein Zäpfchen, kitzel wie verrückt da rum. Endlich kommt der erste Würger. Mein Magen hebt sich ein bisschen. Ein bisschen reicht nicht. Ich ramme den Finger noch tiefer rein. Das wirkt. Mit dem Fuß mache ich die Klotür ein bisschen weiter auf, stöhne laut. Dann kommt der Schwall. Graubrot mit Käse, Tee, Joghurt. Alles schon eingespeichelt. Es platscht in die Kloschüssel. Die Schwester kommt sofort. Sie streicht mir über den Rücken, rennt dann panisch in mein Zimmer und drückt den Rufknopf.

Eine Viertelstunde später ist Dr. Boll da. Ich liege längst wieder in meinem Bett, meine Zähne frisch geputzt.

»Hast du das Abendessen nicht vertragen? Was war los?«

»Ich weiß auch nicht. Mir war schon öfter schlecht in letzter Zeit. Heute Morgen dachte ich noch, ich hätte einfach zu hastig gegessen.«

»Heute Morgen hast du auch schon gebrochen?«

»Mmh. Vielleicht ist es ja nur eine Magenverstimmung.«

Ich mache die Nachttischschublade auf, nehme mir ein Pfefferminz. Ich lasse die Schublade ein bisschen auf. Sodass Dr. Boll die blutigen Tempos sehen kann. Die habe ich heute Nachmittag aus dem Müll gefischt, nachdem Tobias total heftiges Nasenbluten hatte.

Ich sehe, dass Dr. Boll sie sieht, und drehe mich matt auf der Matratze um.

»Ich fühle mich ein bisschen schlapp. Das ist alles.«

Hach, was bin ich tapfer.

Bei der Visite am nächsten Morgen ist klar: So kann ich natürlich nicht entlassen werden. Ich muss auf jeden Fall zur Beobachtung hierbleiben.

Geht doch.

Mitten in der Nach legt sich die Angst wie eine Decke auf mich. Ein schwere Decke, unter der ich mich kaum bewegen kann. Ich liege völlig erstarrt da. Das hier ist jetzt also wirklich die Endstation.

Das sollte über der milchigen Tür am Ende des Flurs stehen. Nicht »Station 2 A«. Sondern »Endstation«. Alles, was ich in den letzten Tagen nicht geheult habe, will plötzlich raus. Ich höre mich richtig schluchzen. Total peinlich. Ich höre nicht, wie die Tür aufgeht. Irgendwann sehe ich die Nachtschwester an meinem Bett sitzen. Ich versuche ein »Geht schon wieder« und schaffe es nicht. Sie sitzt einfach auf meiner Matratze. Eine Hand liegt ganz fest auf meinem Rücken. Sie tätschelt Gott sei Dank nicht. Das könnte ich nicht ertragen. Sie sagt auch nichts. Ich hatte die Worte fast schon im Ohr. Dieses »Keine Angst, Nils. Morgen sieht die Welt schon wieder ganz anders aus« und dieser Schwachsinn.

Sie hält einfach den Mund. Hält mich einfach ein bisschen fest. Gut, dass Tobi wenigstens nicht wach geworden ist. Als auch die letzten Tränen nass im Kopfkissen sind, geht Schwester Ulla wieder raus. Sie hat die ganze Zeit über kein Wort gesagt. Was auch?

Ich stehe neben mir. Liege neben mir. Sitze neben mir. Den ganzen nächsten Tag. Beim dritten Anlauf kann ich meine Eltern nicht wieder abblitzen lassen. Ich lotse sie in die Cafeteria, will ganz viele Menschen um mich haben. Am liebsten wäre ich jetzt im ausverkauften Stadion. Um uns herum viele Worte. Da fallen die langen Pausen bei uns nicht so auf. Ich frage sie, wie es Laura so geht, ob sie was von ihr gehört haben. Ihre Antworten sind dünn. Blass irgendwie. Ganz klar, sie wollen nicht über Laura reden. Vielleicht, weil sie das Gegenteil ist. Sie ist gesund. Sie zieht es gerade in die Welt hinaus. Nicht wieder zurück zu Mum und Dad. Sie hat eine Zukunft. Hat Pläne. Verdammte Scheiße, die hatte ich auch! Die kann ich aber wieder einpacken.

Über was bitte soll ich reden? Was morgen, übermorgen und die paar Tage, die noch kommen, sein wird? Das ist doch schon jetzt vorbei. Deswegen macht auch das Jetzt einfach keinen Sinn. Mein Leben wird von hinten mit einem Tintenkiller weggeätzt. Immer schneller. Laura hat noch einen langen Weg vor sich. Vielleicht heiratet sie ja mal. Den Typen hätte ich einfach gerne gesehen.

Ich habe nur noch eine kurze Sprintstrecke. Ich kann das Ziel schon sehen. Und jeder Tag macht die Strecke kürzer. Selbst, wenn ich stehen bleibe. Das Ende kommt auf mich zu.

Wieder in meinem Zimmer, schnappe ich mir meinen Laptop und schreib Laura schnell noch ein paar Zeilen:

Tag 8

Hey Laura,
ich hätte da noch eine Bitte: Wenn ich demnächst tot bin und nicht mehr mitkriege, was hier unten passiert, kannst du mir dann eine Nachricht in den Himmel schicken? (Ich werd ja wohl in den Himmel kommen, so lieb und brav, wie ich immer war;-))
Häng einfach ab und zu mal einen Zettel an einen Heißluftballon und schick ihn mir. – Ein Foto von deinem zukünftigen Mann; eins von deinen Kindern; von Mum, wie sie mit vollkommen ergrauten Haaren aussieht ... – schreib noch ein paar Worte dazu, was hier so abgeht. Wer weiß, ob ich aus dem Himmel alles mitbekomme. Und es ist ja wohl auch etwas weit, um alles gut erkennen zu können, oder?
Danke! Das war's schon.
Nils

Am Abend im Bett trifft mich der Gedanke wie ein Schlag in die Magengrube. Irgendwann, irgendwo wird Laura nach Geschwistern gefragt. Und dann wird sie sagen, dass sie eine kleine Schwester hat. Vielleicht wird sie anfügen, dass es eine Halbschwester ist. Wahrscheinlich wird sie nicht sagen, dass sie mal einen Bruder hatte. Ich werde nicht vorkommen. Ich werde nirgendwo mehr vorkommen. Die Welt wird sich einfach weiterdrehen. Nur ohne mich. Und ich bin mir nicht sicher, ob es irgendjemandem auffällt. Die Tränen kommen ohne Vorwarnung. Von ganz unten. Von ganz innen ... Als ich die Hand von Nachtschwester

Ulla zwischen meinen Schulterblättern fühle, erstarre ich ganz kurz. Aber sie will gar nichts wissen. Stellt gar keine Fragen. Ich kann auch nichts sagen. Die Bilder nicht beim Namen nennen. Sie schießen kreuz und quer durch meinen Kopf. Bilder von Orten, an denen ich oft war. Die bleiben werden und mich nicht vermissen. Bilder von Ereignissen, bei denen ich fehlen werde. Oder zumindest nicht anwesend sein werde. Ich hätte auch gerne mal Sex gehabt. Die Hand auf meinem Rücken presst diese ganzen Bilder nach oben. So viele Gedanken steigen auf, werden hochgespült. So wie Wellen immer wieder den Sand nach oben spülen. Aber irgendwann werden sie langsamer. Die Bilder werden blasser. Ich fühle mich schwer. Der Sturm ebbt ab. Als ich schon halb abgerudert bin, geht Schwester Ulla tonlos raus. Sie hat mich auch zum Abschied nicht getätschelt. Das hätte auch alles kaputtgemacht. Und das Beste: Wenn ich sie morgen früh oder wann auch immer auf dem Flur sehe, kann ich so tun, als hätte ich sie gar nicht bemerkt. Vielleicht wird sie ja auch so tun, als würde sich mich nicht kennen. Das wäre gut.

Ich will eigentlich nur kurz in die kleine Küche, um mir Sprudel zu holen. Als ich unsere Zimmertür aufmache, taumelt mir das bunte Mädchen entgegen. Der Neuzugang. Sie hatte sich offenbar gerade dort abgestützt. Im letzten Moment kann ich sie auffangen. Ich habe sehr viel Jogginganzug in den Händen. Irgendwo darin müssen sich ein paar Knochen verstecken.

»Hoppla«, sage ich total blöd. Fehlt nur noch, dass ich »Nicht so stürmisch, junge Frau« flöte.

»Ist dir nicht gut?«, frage ich schnell.

Sie guckt mich groß an. Die Frage war auch blöd. Wenn es ihr gut ginge, wäre sie nicht hier. Würde nicht an der Tür lehnen, als warte sie auf einen Bus.

»Soll ich dich zu deinem Zimmer bringen?«

»Das wäre total nett. Ich habe mich irgendwie verlaufen. Eigentlich sollte mich so ein Zivi hinbringen, aber der ist nicht gekommen.«

»Das Personal ist auch nicht mehr das, was es war«, versuche ich einen schwachen Scherz.

»Ich weiß nicht mehr genau, wo mein Zimmer ist«, sagt sie kleinlaut.

Ich weiß es genau, kann mich noch so gut daran erinnern, wie ich sie mit dem bunten Tuch in diesem weißen riesigen Bett gesehen habe.

»Hattest du denn mit Meerblick gebucht?«

»Eigentlich schon. Aber mein Balkon geht zur Straße. Ich habe schon mit dem Hotelmanager gesprochen. Nächstes Jahr mache ich kein Hotel-Roulette mehr.«

Ich muss kurz schlucken. Es hat tatsächlich ein bisschen was von Roulette, wenn man hier landet. Ich habe das Pech zu wissen, dass für mich die Kugel schon im Lauf liegt. Ich schalte den Gedanken schnell ab.

»Ich wohne direkt über der Disco. Das ist auch kein Vergnügen«, versuche ich, meine Gedanken zu ersticken … »Dafür habe ich aber all-inclusive.«

Sie versucht, arrogant die Augenbraue hochzuziehen. Das sieht traurig aus, weil da keine mehr ist.

»Habe ich natürlich auch. Doch ich lasse mir die Mahlzeiten direkt aufs Zimmer bringen.«

Während unseres albernen Gesprächs habe ich sie langsam zu ihrem Zimmer geführt. Sie klammert sich die ganze Zeit an meinen Arm. Ich spüre in meiner Schulter, wie ihre Beine zittern.

Die Stille zwischen uns macht das Zittern präsenter. Ich muss schnell was sagen.

»Gab es den Jogginganzug nicht in deiner Größe?«

»Das war mal meine Größe.«

Das muss ewig her sein. Sie sieht aus, als hätte sie sich ein Zweimannzelt übergezogen. Der Ausschnitt rutscht ihr fast über die Schultern und gibt den Blick auf den Port frei. Das ist der Dauerzugang unterhalb des Schlüsselbeins für die ganze Chemie, die den Krebs auffressen soll. Ein bisschen wie eine Tankklappe beim Auto.

Wir stehen mittlerweile vor ihrem Bett.

»Ich muss aufs Klo«, sagt sie plötzlich.

»Dann viel Spaß.«

Ich will jetzt eigentlich gehen.

»Kannst du wohl so lange warten?«

Wie schlecht muss es diesem Mädchen gehen, einen wildfremden Typen zu bitten, er möge vor der Tür stehen bleiben, um ihr beim Pinkeln zuzuhören? Hoffentlich muss sie nur pinkeln.

»Klar.«

Sie schleicht zur Toilette, kommt nach ewigen Zeiten wieder raus. Sie riecht nach Zahnpasta. Vorsichtig helfe ich ihr ins Bett.

»Wie heißt du eigentlich?«

Wir fragen absolut zeitgleich. Ein bisschen peinlich.

»Helene«, sagt sie schließlich.

»Wie der Nachtisch?«

»Genau, war früher auch mein Spitzname. Birne Helene. Wegen meines Hinterns.«

»Immerhin bist du den jetzt los.«

Sie sagt nichts, wartet.

»Ich bin Nils.«

»Danke, Nils.«

»Kann ich noch irgendwas für dich tun?«

»Nee, danke. Wenn du kein Wunderheiler bist, wohl nicht.«

Völlig erschöpft macht sie die Augen zu.

Ich bin schon auf dem Weg von der Küche zu meinem Zimmer, als ich noch mal zurückgehe. Ganz leise stelle ich ihr auch eine Flasche Wasser neben das Bett. Vielleicht hat sie ja wieder so schlimmen Durst, wenn sie aufwacht.

In meinem Zimmer wartet schon Besuch auf mich. Auch das noch. Meine Eltern sind kaum raus, da schnappe ich mir meinen Laptop.

Tag 9

Hi Laura,

was für ein Stress hier. Bis gerade waren Mum und Dad da und heute Morgen musste ich mal wieder zur Sono. Da mir gestern den ganzen Tag angeblich schlecht war und ich abends auch noch kotzen musste, haben die mich zum Bauch-Ultraschall geschickt. Unerklärliches Nasenbluten hatte ich ebenfalls. Muss ja keiner von denen wissen, dass ich alles nur gefakt habe. So bleibt mir noch etwas Schonfrist, bevor ich »ins wahre Leben« entlassen werde.

Schwester Ulla war gestern Nacht bei mir. Sie ist echt die Beste. Tut gut, jemanden zu haben, dem man nicht ständig alles erklären muss.

Wir haben eine Neue auf der Station. Helene. Die ist echt süß und tough gleichzeitig. Bei ihr scheint es auch nicht so rosig auszusehen. Ob sie mir wohl erzählt, was genau mit ihr los ist? Trau mich nicht, so richtig nachzufragen. Ich hätte auch keinen Bock darauf, ausgequetscht zu werden. Vielleicht ergibt sich ja mal was. Irgendwie schafft sie es, hübsch zu sein, obwohl sie dürr und abgemagert ist und keine Haare hat, nicht mal mehr Wimpern! Sie hat riesige schöne Augen, die immer traurig gucken. Dabei sieht sie gleichzeitig so aus, als ob sie auch total verschmitzt lachen und dreckige Witze reißen könnte. Ich sehe der einfach an, dass man ihr nichts vormachen kann. Ich glaub, ich werd demnächst mal öfter zufällig an ihrer Zimmertür vorbeigehen.

Von so ein paar Schmetterlingen im Bauch wird einem ja eigentlich nicht schlecht, aber ich sollte gleich doch noch mal eine Kost- oder Kotzprobe abgeben, damit ich noch eine Chance habe, die Neue kennenzulernen, bevor die mich nach Hause schicken und ich abdanke.

Nils

Der Schlaf lässt wieder auf sich warten. Tobi atmet gleichmäßig, bei jedem fünften Atemzug schnarcht er.

Das nervt. Ich lege mich auf die Seite, den Kopf unter das Kopfkissen. Ich habe das Gefühl zu ersticken. Als würde schon Erde auf mich geworfen. Ich wälze mich weiter und höre gar nicht, wie Nachtschwester Ulla reinkommt. Als sie plötzlich neben meinem Bett steht, würde ich ihr am liebsten sagen, dass sie zu früh ist. Dass ich noch nicht brätsche wie ein kleines Kind. Sie lässt mir keine Zeit.

»Kannst du mal mitkommen?«

Völlig überrascht nicke ich.

»Klar.«

Ich folge ihr ein paar Türen weiter. Dahinter liegt Max. Ehe sie die Klinke runterdrückt, dreht sich Schwester Ulla zu mir um.

»Du musst mir mal eben beim Kasperletheater helfen. Max hat sich gewünscht, dass der Prinz die Prinzessin vor dem Krokodil rettet. Dafür fehlt mir eine Hand. Wen willst du spielen?«

»Das Krokodil.«

Bei Prinzen und Prinzessinnen kenne ich mich nicht so aus.

Die Handpuppen liegen auf dem Bett. Mit kritischem Blick beäugt mich der Kurze. Er sieht aus wie ein alter Mann. Wie ein sehr alter Mann. Kahl und mit riesigen Zahnlücken thront er zwischen den Kissen. Ulla drückt mir das Krokodil in die Hand und mich in die Knie. Wir hocken hinter dem Fußende. Die Prinzessin kreischt direkt los.

»Aaaah. Hilfe. Ein Krokodil.«

Ich schnappe nach ihr, zupfe vorsichtig an dem Kleid.

Keine Ahnung, wie sensibel Klein-Max ist.

»Was ist denn das für ein lahmes Teil? Das gehört eingeschläfert!«, beschwert sich Max.

Verwöhnte Göre.

Ich gehe zum Tisch, wo in der Vase irgendein Grünzeug ein Fußbad nimmt.

Ich stecke dem Krokodil ein paar Gräser zwischen die gelben Zähne und gehe wieder zum Bett.

»So, da habe ich mir schon einen schönen Salat für mein Abendbrot gemacht. Jetzt brauche ich nur noch Holz für ein Lagerfeuer, auf dem ich den Saftbraten grillen kann.«

Das Krokodil schnappt sich ein Buch vom Nachttisch.

»Ah, das wird gut brennen.«

Es folgt Angriff Nummer zwei auf die Prinzessin.

Ich haue die Plastikzähne in das Kleid.

»Ach, mein Filet ist ja noch eingepackt.«

Jetzt lacht die Zahnlücke zum ersten Mal.

Die Geschichte nimmt etwas abstruse Formen an. Das Krokodil versucht den Prinzen zu überzeugen, dass die Prinzessin doch als Abendessen viel besser zu gebrauchen wäre.

Schwester Ulla lässt den Prinzen behaupten, er sei Vegetarier und könne allein deswegen die Prinzessin schon nicht essen.

Das Ende vom Lied: Das ganze Gestrüpp aus der Vase liegt auf Max' Bett und der Prinz, die Prinzessin und das Krokodil lassen sich einen großen Salat schmecken.

Am witzigsten findet es Max allerdings, als ihm das Krokodil zum Abschied ins Ohr flüstert: »Nachher hole ich mir Schwester Ulla als Mitternachtssnack. An der ist sowieso mehr dran.«

Auf dem Weg zu meinem Zimmer rechne ich mit einem Pädagogikvortrag. Wie wichtig es gerade für die Kleinen ist, auch mal zu lachen. Dass sie die Krankheit mal vergessen müssten und dieser ganze Quatsch. Doch Schwester Ulla sagt nichts. Ein kurzes freundliches »Danke, Nils«, und schon ist sie weg.

Als nach dem Frühstück die Tür aufgeht, wünsche ich mir, ich wäre doch mit Spieltante Anni und den anderen losgezogen. Anni ist sogenannte Erlebnispädagogin und wollte uns mal ein Erlebnis der besonderen Art gönnen. »Mein buntes Ich« heißt das Ganze. Habe ich schon oft genug mitmachen müssen. Es geht dann in einen fensterlosen Kellerraum, wo sich jeder auf ein ausrangiertes Betttuch legen muss. Dann wird mit Edding die Silhouette nachgemalt und man darf selber hinterher die eigene Figur bunt ausmalen. Ich habe damals meine Figur genommen und nur ein paar Löcher reingeschnitten. Als Anni wissen wollte, was das soll, habe ich es ihr erklärt: »Da hat der Krebs sich schon durchgefressen.« Fand sie nicht so toll. Aber echt – jetzt wünsche ich mir, ich wäre im Keller. Meine Oma Lotta steht vor mir. Auf den letzten Metern bis zum Besucherstuhl keucht sie, als wäre sie von zu Hause bis hierhin zu Fuß gegangen.

»Hach, mein Junge. Da bist du ja. Das ist ja ein langer Flur hier. Und überall diese armen Wesen.« Ihre Bronchien pfeifen mehrstimmig.

Ich überlege kurz, ob sie erwartet, dass ich mich entschuldige. Für die Ausmaße der Station. Und dafür, dass hier Kranke rumlaufen. Das ist doch eine Zumutung für die Besucher. Überall diese Glatzen. Das will doch keiner sehen.

»Eigentlich müssen die Bewohner hier zwischen zehn und zwölf auf ihren Zimmern bleiben, damit die Besucher sich nicht so erschrecken«, sage ich zuckersüß.

»Ehrlich? Das ist aber auch nicht nett«, stellt Oma Lotta fest.

»Ach?«, sage ich nur. Aber es hat keinen Sinn. Ihr wird nicht auffallen, was sie gerade für ein dummes Zeug redet.

»Na, bist du gar nicht überrascht mich zu sehen? Da freust du dich aber, was?«

Oma guckt mich an, als sei ihre Anwesenheit ein Geschenk Gottes.

»Doch, ich bin überrascht«, gebe ich zu. Zumindest das stimmt ja.

»Mein Nachbar, der Walter, hat hier heute einen Termin, und da dachte ich, ich besuche mal meinen Enkelsohn. Wo meine Enkeltochter schon so weit weg ist.«

Wie gut, dass ich Krebs habe. Da kann ich nicht einfach verreisen, sondern bin hübsch in Omas Nähe. Wenn das kein Glück ist.

Oma nimmt mich sofort ins Kreuzverhör. Ob das Essen gut und die Bettdecke nicht zu dünn ist. Ob mein Zimmernachbar gar was Ansteckendes habe, ob ich auch genug Obst esse und nicht zu laut Musik höre. Ob die Schwestern hier freundlich sind oder so garstig wie seinerzeit in den 80er-Jahren, als Oma mit ihrer Galle ins Krankenhaus musste. Ob der Arzt sich auch genug Zeit nimmt, ob denn auch jeden Tag gewischt wird und so weiter und so fort.

Natürlich erwartet sie keine Antworten. Ehrliche schon mal gar nicht. Ich lehne mich zurück und gucke zu, wie die Worte zwischen ihren falschen Zähnen rausrollen. Die Sätze werden zu einem Klangnebel, der immer dichter wird. Ich weiß schon lange, dass Oma Lotta nervig ist. Wie nervig, war mir nicht mehr so bewusst. Vielleicht, weil ich die letzten zehn Jahre nicht mit ihr alleine war. Ich war ihr noch nie so ausgeliefert. Ich überlege kurz, einen Kreislaufkollaps zu simulieren. Das wäre das Einfachste. Aber das wäre auch feige. Ich gucke aus dem Fenster. Vielleicht ist jetzt der Moment, nicht mehr aus falscher Nettigkeit feige zu sein. Oder nett aus falscher Feigheit.

Vielleicht wäre ich weiter nett und feige geblieben, wenn Oma nicht plötzlich völlig unmotiviert von ihrer Gesundheit angefangen hätte. Also von der nicht mehr existenten Gesundheit. Plötzlich öffnet sie ihre Handtasche, wobei es noch fieser nach Alte-Frauen-Pastillen riecht, nimmt sich ein Taschentuch und tupft ihre Oberlippe ab.

»Hach, Junge, alt werden ist auch nicht schön.«

Ich starre sie nur an.

»Jung sterben auch nicht.«

Offenbar hat sie meinen Einwand nicht gehört.

Sie faselt was von ihrer Galle und ihrem Herzen, das manchmal so komisch hüpft, und von ihren Knien, die immer so geschwollen sind. Zum Beweis zieht sie das Kleid höher und zeigt mir fleischfarbene Wickel um ihre zugegeben fetten Knie.

In meinem Hals schwillt auch was an.

Mein Herz rast. Wie schön, dass ich so ein wundervoll gesundes Herz habe, das einfach so ohne Hüpfer losrasen kann. Wie undankbar von mir, dass ich das nie zu würdigen weiß.

»Tja, Oma, das ist schon gemein. Da bist du so krank, und dein armes schwaches Herz muss sich so mühen, deinen verfetteten Körper zu versorgen, und du darfst einfach nicht sterben. Und ich bin so gesund und lege mich einfach zum Sterben hin. Das Leben ist ungerecht. Hoffentlich überlebt der Walter seinen Besuch hier. Sonst müsstest du im schlimmsten Fall mit dem Bus nach Hause fahren.«

Sie starrt und schluckt und tupft wie verrückt ihr Gesicht ab. Schließlich sagt sie allen Ernstes.

»Ja, der arme Walter. Der hat ja so Probleme mit seinem Stuhl. Da war ja in letzter Zeit immer Blut drin, weißt du.«

Wusste ich nicht, interessiert mich aber auch nicht. Ich mache mir eher Sorgen um meinen Stuhl, und zwar um meinen Besucherstuhl. Der gibt unter Omas fettem Arsch knackende Geräusche von sich. Was aber noch schlimmer ist: Es hört sich so an, als sei der gute Walter zu einer sehr langwierigen Untersuchung hier.

Plötzlich habe ich das Gefühl, dass jedes Luftmolekül in meinem Zimmer nach Verwesung und Veilchen riecht. Ich stehe auf und murmele: »Ich bin gleich wieder da.«

Ich jogge fast zu Helenes Zimmer. Wie erwartet ist auch sie nicht bei der Betttuch-Aktion von Spieltante Anni.

»Darf ich mich hierhin setzen?«

Sie nickt. Fragt nicht, warum und wieso.

Ich lasse mich auf ihre Bettkante fallen und meinen Blick parallel zu ihrem aus dem Fenster schweifen.

Nichts denken, nichts sagen, nichts hören, nichts fühlen. Das ist genau das, was ich will.

Als Schwester Nicola mit dem Mittagessen für Helene in der Tür steht, erschrickt sie richtig.

»HIER bist du.«

»Ja, hier bin ich.«

»Wir haben dich überall gesucht.«

»Offenbar nicht überall. Sonst hätten Sie mich ja gefunden.«

»Deine Oma hat sich ganz schön aufgeregt.«

»Falsch. Meine Oma hat MICH ganz schön aufgeregt.«

Ich habe Schwester Nicola unterschätzt. Sie grinst.

»Auf jeden Fall möchtest du deine Eltern anrufen.«

»Schon wieder falsch. Ich möchte meine Eltern nicht anrufen.«

Die Unterhaltung beginnt, mir zu gefallen.

Schwester Nicola verdreht die Augen.

»Okay. Ob du möchtest oder nicht, du sollst auf jeden Fall deine Eltern anrufen.«

»Ist sie denn weg?«

»Deine Oma? Ja, sie ist von uns gegangen.«

Ich bin mir nicht sicher, ob das ein Scherz von Schwester Nicola war. Wenn, dann ein guter.

Meine Mutter ist völlig fertig. Ich spüre durch den Hörer, dass sie noch immer vor Wut zittert. Offenbar hat Oma Lotta sie irgendwann angerufen und sich über mich beschwert. Mum war natürlich völlig irritiert, dass Oma bei mir im Krankenhaus war, und hat ihr befohlen, sofort mit dem Taxi nach Hause zu fahren.

»Ich bin so scheißenwütend auf diese Frau«, stöhnt sie. »Warum belästigt sie dich?«

Darauf fällt mir keine Antwort ein.

»Oma weiß nicht alles«, sagt sie in die Stille.

Ich denke nur: Wie beneidenswert.

»Möchtest du mich heute noch sehen?«

Die Stimme meiner Mutter ist umgeschlagen. Fast schüchtern.

Ich würde am liebsten »JA« schreien. Würde ihr am liebsten sagen, dass sie sich zu mir ins Bett legen, mich von hinten in den Arm nehmen soll. Rücken an Bauch. Dass sie mir Geschichten erzählen soll. Geschichten mit einem schönen Ende.

»Nee. Oma hat mich ziemlich geschlaucht. Ich bin müde.«

»Kann ich verstehen«, sagt sie und klingt, als wäre sie meine Freundin und ich hätte ein Date abgesagt.

Ich schlendere über den Gang. Es ist die übliche Ruhe vor dem Sturm, vor der Nachmittags-Besucherwelle. Ich komme am braunen Zimmer vorbei. Meike und Sophie streiten mal wieder. Mehr aus Langeweile als aus Interesse gehe ich rein. Die beiden Zicken reden über so einen Casting-Mist, der wohl gestern Abend im Fernsehen lief. Da wird das Supermodel gesucht. Sophie keift rum, dass Julia niemals hätte rausfliegen dürfen. Meike lacht höhnisch.

»Die war echt zu dürr. Total klapprig. Da habe ich ja nach meiner letzten Chemo mehr gewogen, und da habe ich mir die Seele aus dem Leib gekotzt.«

Sophie hält dagegen. Beim Fotoshooting sei die ominöse Julia aber der Hammer gewesen, und überhaupt, diese Haare seien einfach megageil.

»Das findest du nur, weil du selber wie ein gerupftes Huhn aussiehst«, werfe ich ein.

Die beiden starren mich an.

»Nils, verpiss dich«, blafft Meike irgendwann.

»Warum, wird doch gerade spannend. Ich frage mich, warum du dich da nicht bewirbst, wenn du doch dank der Chemo so eine gute Figur hast.«

»Ja, vielleicht sollte ich das tun«, giftet Meike zurück.

Ich tue so, als würde ich angestrengt überlegen.

»Du könntest nur keine Sommerkollektion vorführen, sondern eher die neuesten Rollkragen-Modelle. So oft wie du auf- und wieder zugemacht worden bist.«

Meikes Augen füllen sich schlagartig.

Ich weiß gar nicht, warum ich so ätzend zu ihr bin.

Ich gehe wortlos. Direkt zu Helene.

Sie sieht mir wohl an, dass ich mich schon wieder geärgert habe.

»Ist Oma schon wieder da?«

»Noch schlimmer. Ich habe mich mit Meike angelegt.«

»Du hast irgendwie mit Frauen kein Glück, was?«

»Meike und Sophie streiten sich allen Ernstes über so eine Topmodel-Show und wer da wohl die Schönste ist. Wie krank ist das denn? Da liegen die hier abends in ihren Betten, rupfen sich die letzten Haare aus und gucken sich eitle Hühner an, die vor der Kamera ihre Wallemähnen schwenken. Das ist doch pervers.«

»Ich finde das gar nicht so pervers. Für diese Model-Mädchen dreht sich alles um ihren Körper. Für uns hier doch irgendwie auch. Die wollen einen geilen Body, wir einen gesunden. So ein Unterschied ist das auch wieder nicht. Die sind ein bisschen krankhaft veranlagt. Wir sind einfach nur krank. Die Frage ist, was ist besser?«

»Ich wäre lieber hässlich und gesund als schön und todkrank.«

Sie lehnt sich zurück.

»Du hast recht«, sagt sie irgendwann leise. »Ich auch. Aber ich bin nur hässlich und todkrank. Scheißkombination.«

»Du bist nicht hässlich.«

Ich habe so was noch nie zu einem Mädchen gesagt.

Auch nichts Vergleichbares. Ich hätte eher meine eigene Zunge runtergeschluckt und verdaut. Na ja. So ein tolles Kompliment ist »Du bist nicht hässlich« wahrscheinlich auch nicht. Helene sagt trotzdem »Danke«.

Ich würde gerne weiter mit ihr reden. Aber die Luft ist raus. Ich sehe Helenes Blick an, dass ihre Gedanken weit weg sind. Ich will sie nicht zurückholen. Überall ist es schöner als hier. Ob in Erinnerungen oder in Träumen. Ich selber bin dankbar für jeden Moment, in dem meine Gedanken die Gegenwart kurz vergessen.

Auf dem Flur laufe ich fast direkt in meinen Vater. Er hatte sich gar nicht angekündigt, deswegen erschrecke ich mich richtig. Er gehört hier nicht hin. Er ist ein Überläufer aus einer anderen Welt. Ein Besucher vom Planeten Erde, der einen Abstecher auf den Krebs-Stern macht. Sein Gang, seine Gesichtsfarbe, der Ausdruck seiner Augen, seine Energie – das ist mir alles so vertraut und hier so deplatziert.

Er legt seinen rechten Arm um meine Schultern, an seiner linken Schulter baumelt eine Kamera.

»Ich habe gerade einen Auftrag hier in der Nähe und dachte, ich besuch dich mal in der Pause.«

Ich würde ihm so gerne glauben. Vielleicht ist das aber auch erstunken und erlogen, und er ist hier, um Abschiedsfotos zu machen. Und er hat gar nicht zufällig die Kamera dabei. Vielleicht hat er schon überlegt, wie das Foto aussehen soll. Bestimmt schwarz-weiß. Das kommt bei Porträts immer besser. Und wahrscheinlich will er in einem Moment abdrücken, wo ich am wenigsten damit rechne. Das ist seine Masche. Alles in mir macht sich steif. Vielleicht hat er sogar schon einen Platz für das Foto. Im Wohnzimmerregal. Dann kann ich ihm demnächst abends zugucken, wenn er sich auf der Couch rumfläzt. Oder ich komme auf den Schreibtisch, wo ich zwischen Katalogen und Büchern vollstaube.

Ich registriere, dass er die Kamera scheinbar achtlos auf den Tisch legt. Wir quatschen ein bisschen, und ich rechne die ganze Zeit damit, dass er sie sich schnappt und mich »abschießt«. Ich fummle mir die ganze Zeit im Gesicht rum, damit er bloß kein Bild machen kann. Völlig verstört, als hätte ich jetzt auch noch einen Tick. Als mein Vater nach einer Stunde wieder geht, weiß ich nicht, worüber wir gesprochen haben. Ich habe ihn nicht richtig angesehen. Ich war die ganze Zeit so voller Panik. Voller Wut, dass auch er mich vielleicht schon abgeschrieben haben könnte. Und es stimmt ja. Ich bin schon jetzt ein Stück Vergangenheit. Und morgen werde ich der Vergangenheit, dem Vergangensein noch ein Stück näher sein. Ist das dann wohl das, was im Deutschunterricht immer »abgeschlossene Zukunft« hieß?

Tag 10

Hi Laura,
irgendwie wäre es doch schön, wenn du hier wärst. Keine Angst – das ist keine Aufforderung zu kommen, aber geteiltes

Leid ist halbes Leid, oder? Unsere verkorkste Familie kann einem schon auf den Senkel gehen und ich muss das hier alles alleine ausbaden. Erst kommt Oma unangekündigt vorbei und heult mir was vom Altwerden vor. (Was ein Glück, dass ich das nicht erleben werde.) Und dann steht Dad plötzlich da und will sich mit mir unterhalten. Das haben wir doch in den letzten fünf Jahren auch kaum gemacht.
Wieso wird alles plötzlich so anders?
Nils

Ich freue mich fast ein bisschen, als Schwester Ulla ihre warme Hand auf meine Schulter legt.

»Schläfst du schon?«

Ich richte mich auf, sehe im Dunkeln ihre Silhouette.

»Leider nicht.«

Sie hält mir zwei Handpuppen hin.

»Du warst gestern zu gut. Max verlangt nach dir.«

Ehrlich gesagt, hatte ich mir schon ein Stück überlegt. Ich präsentiere Max eine Art Roadmovie. Anstelle von Bonnie und Clyde machen der Prinz und die Prinzessin ein paar krumme Dinger. Das Krokodil haben sie aus dem Zoo entführt, um Lösegeld zu erpressen. Doch der hinterhältige Zoodirektor will das Tier gar nicht zurück, weil es eh schon Karies und fürchterlichen Mundgeruch hat.

Immer wieder muss ich Schwester Ulla die richtigen Puppen in die Hand drücken und ihr konkrete Regieanweisungen geben. Als ich mich nach dem großen Finale erhebe, gucke ich direkt auf zwei geschlossene Augen. Max ist eingeschlafen. So ein Dreck.

»Tolles Publikum«, maule ich.

»Ich finde, ein schöneres Kompliment kann es gar nicht geben. Du hast ihn so verzaubert, dass er sogar seine Angst vorm Schlafen vergessen hat. Max hat jeden Abend Panik. Er glaubt, am nächsten Morgen nicht mehr aufzuwachen«, erklärt Schwester Ulla.

Wir schrecken beide hoch, als von der Fensterseite eine Stimme ertönt.

»Das gut«, sagt Hamid.

Er liegt schon ein paar Wochen hier, gesprochen hat er noch nie. Alle dachten, der Junge aus Afghanistan versteht kein Deutsch. Ulla guckt ihn an, als habe sie eine Erscheinung.

»Hat dir das gefallen?«

»Das gut«, bestätigt Hamid noch mal.

Ich gehe auf ihn zu, halte die Hand auf.

»Du hast noch gar keinen Eintritt bezahlt. Das macht fünf Euro für einen Logenplatz.«

Die Augen des Jungen werden noch ein bisschen runder, brauner und größer.

So gut ist sein Deutsch offenbar doch nicht.

Schwester Ulla schiebt sich vor mich.

»Der Nils macht nur Spaß.«

Ich gehe rückwärts raus. Der Satz klingt in meinem Ohr. Der Nils macht nur Spaß. Schade, dass der Nils schon so lange keinen Spaß mehr hatte. Und wahrscheinlich nie mehr haben wird. Nie mehr. Gibt es was Endgültigeres? Ich kenne die Angst von Max. Nur zu gut.

In der Nacht sind die Dämonen wieder da. Sie kommen von allen Seiten, umzingeln mich. Was der Krebs nicht schafft, erledigen sie. Sie kriegen mich klein, zerfressen mich. Ich kann nicht entkommen. Sie finden mich. An jeder Ecke in meinem Kopf warten die Fragen. Warum ich? Wie wird der Tod sich anfühlen? Was werde ich in der letzten Sekunde denken? Wird mir ganz kalt oder ganz heiß? Pisse ich mich ein, weil plötzlich alle Muskeln schlapp werden? Werde ich alleine sein?

Nichts und niemand, nur der Schlaf kann mich vor diesen Fragen retten. Doch als ich aufwache, habe ich das Gefühl, nur fünf oder zehn Minuten Pause gehabt zu haben. Ich schiebe noch mein Frühstück lustlos auf dem Teller hin und her, als meine Mutter reinkommt. An ihrer Hand hüpft Maja. Als die Kurze mich sieht, juchzt sie und rennt auf mich zu.

Sie ruft ein lautes »Niiis«, das L kriegt sie irgendwie noch nicht so hin, und will auf mein Bett klettern. Ich kann sie nur anstarren wie einen Käfer, der an dem Gestell hochkrabbeln will. Meine Mutter macht zwei schnelle Schritte auf uns zu. Ich hatte gehofft, sie hält die Kleine zurück. Doch mit einem schnellen Griff unter den Po hat sie Maja auf mein Bett gehoben. Die schlingt nun beide Arme um mich und brabbelt irgendwas. Ich weiß nicht, wo ich hingucken soll. Das ist mir alles zu nah, zu dicht an mir dran.

»Sie wollte unbedingt zu dir, und weil der Kindergarten heute geschlossen hat, dachte ich, dass sei doch eine gute Idee«, höre ich meine Ma.

»Ja, tolle Idee. Das perfekte Ersatzprogramm. Statt in der Puppenecke abzuhängen, kann sie ihrem großen Bruder beim Abkratzen zugucken. Ist bestimmt spannender.«

Ich schiebe Maja leicht von mir.

»Noch lebst du. Auch wenn du das manchmal nicht wahrhaben willst.«

»Oh, entschuldige. Wie undankbar von mir. Du hast recht. Ich werde so tun, als sei nichts. Als würde ich hier Urlaub machen. Ist ja auch eine geile Location. Und wenn es dann so weit ist, werde ich ganz überrascht tun und mich in eine stille Ecke verkrümeln, um auch niemanden zu stören.«

Maja hat die Fernbedienung für das Bett gefunden. Sie drückt wie wild auf die Knöpfe und meine Beine kommen mir entgegen. Sie gluckst und ich reiße ihr das Teil aus der Hand.

»Lass das. Das ist hier kein Abenteuerspielplatz und ich bin nicht dein Hampelmann.«

Ihr feuchtes »Ssuldigung« macht mich völlig fertig. Komisch, irgendwie hat sich schon ganz lange keiner bei mir entschuldigt. Es hat lange niemand gesagt, dass es ihm leidtut. Vielleicht würde ich das ja mal ganz gerne hören.

Ich starre Maja an, die in die Arme von ihrer Mama geflohen ist. Ich sehe mich selber da sitzen. Ich war als Kind das absolute Mama-Söhnchen. Ich war schon in der Schule, als ich nachts immer noch zu ihr ins Bett gekrochen bin. Ganz leise und ganz vorsichtig. Damit sie nicht wach wird und mich zurückschickt. Ganz langsam habe ich mich Zentimeter für Zentimeter unter ihre Decke und an ihren Körper geschoben. Ich weiß gar nicht, ob Maja das auch macht. Ob sie sich auch so gerne in Mamas Kleiderschrank versteckt, weil das so gut riecht.

»Malt Maja dir auch Bilder?«

Meine Mutter zuckt zurück. Die Frage trifft sie unvorbereitet.

Irgendwann nickt sie.

»Was malt sie denn?«

»Hunde.«

»Kein Haus?«

Die Augen meiner Mutter flehen mich an, damit aufzuhören. Still zu sein. Ich kann nicht. Ich muss es wissen.

»Nein, kein Haus. Noch nie.«

»Muss sie ja auch nicht. Hast du ja schon.«

Es tropft meiner Mutter vom Kinn.

Das war das einzige Motiv, das ich immer und immer wieder gemalt habe als Kind. Ein Haus mit zwei Fenstern. Aus einem guckte meine Mama raus, aus dem anderen ich. Irgendwann bin ich gefragt worden, warum das Haus denn nie eine Tür hat. Ich habe erklärt: »Damit Mama nie von mir weggeht.«

Jetzt gehe ich von ihr weg. Stehle mich hinten raus.

Vielleicht sollte ich ihr noch ein letztes Bild malen. Eins mit Tür. Damit sie mich besuchen kann, wo immer ich dann bin.

Ich schaffe es, nicht an einen Friedhof zu denken. Sie soll lieber zu dem großen Baum im Park gehen, in dem ich damals mein Versteck hatte. Meine Bude – wie ich allen erzählt habe. Das war ein großer Karton, den ich zwischen zwei Äste geklemmt hatte. Das war mein Geheimversteck für mein Taschenmesser, Seile, eine Fletsche, meine größten Murmeln und so. Stundenlang habe ich da gehockt.

»Geh nicht so oft auf den Friedhof. Das macht alt und Falten. Du kannst ja zum großen Baum im Park gehen, wenn du mal an mich denken willst.«

»Ich werde überall und immer an dich denken.«

Sie hat sich auf den Stuhl gesetzt, ihn ganz nah ans Bett gerückt und ihren Kopf auf meine Brust gelegt. Als müsste ich sie trösten. Ich spiele mit ihren Haaren.

»Du musst die mal wieder färben.«

»Ich weiß.«

»Nein, du grau.«

Sie ringt sich ein Lächeln ab. Als sie den Kopf hebt, ist meine Decke schwarz verschmiert. Ihr Gesicht auch.

»Mama, selbst ich weiß, dass es so etwas wie wasserfeste Wimperntusche gibt.«

Sie verschmiert die Tusche mit dem Handballen.

»Soso. Von wem weißt du denn so etwas? Von den Mädels hier auf der Station?«

Ich stutze.

»Nee. Die meisten hier nehmen so was nicht. Die haben nämlich gar keine Wimpern mehr.«

Ich bin fast froh, als Maja ein Glas runterschmeißt, das klirrend zerspringt. Der Moment ist vorbei.

Am Nachmittag bekomme ich schon wieder unangemeldeten Besuch. Das nimmt langsam überhand.

Direkt danach fahre ich erst mal den Rechner hoch, um Laura zu berichten.

Tag 11

Hallo,

Heute waren die Leute von »Dein Wunsch« bei mir. Haben Anni und der Frantzen mir in einer gemeinsamen Überredungsaktion aufgequatscht. Jetzt kommen die beiden schon im Doppelpack! Glauben wohl, zusammen bei mir mehr zu erreichen, was?

»Dein Wunsch«, das ist so eine Organisation, die dir einen Wunsch erfüllt. Super. Mein letzter Wunsch, oder was? Dann könnten die das ja gleich »Dein letzter Wille« nennen. Aber sie haben mir immerhin Bedenkzeit gegeben. Hat man doch beim Henker auch, oder? Da darf man sich doch auch was wünschen, sein letztes Abendmahl oder so was.

Tja, und nun hocke ich hier und denke darüber nach, was die mir noch Gutes tun können. Die Idee mit der eigenen gesponserten Wohnung hab ich verworfen. Alleine sterben macht wohl noch weniger Spaß. Aber vielleicht haben die ja was anderes Schönes für mich? Ob die wohl wirklich alles hinkriegen? Na ja, 'n Date mit Bela B. und Farin Urlaub wär' cool. Vielleicht könnten wir ja zusammen etwas jammen? Ich an meinem Bass, Bela an den Drums, und Farin spielt Gitarre. Das schaffen die nie!

Hab mal etwas im Netz gesurft. Die Ärzte-Jungs sind in drei Wochen auf Tour. Schau'n wir mal, da haben die netten Leute vom Wunsch wenigstens 'ne Aufgabe: So 'nen todkranken

Schlaffi wie mich auf ein Punkkonzert mit Backstagebesuch zu kriegen.
In diesem Sinne, Dein Bruder Nils

Der nächste Morgen beginnt gut – mit Regen. Ich fühle mich irgendwie besser, wenn es draußen grau und düster ist. Wenn die Sonne scheint, fühle ich mich nur selber grau und düster. Auf dem Flur emsiges Türengeklapper. So ein Krankenhaustag hat eine ganz feste Struktur. Eine immer gleiche Dramaturgie. Der Vormittag ist die Zeit der Ärzte und der Schwestern. Ihr großer Auftritt. Visite, Untersuchungen, der ganze Mist. Mit dem Mittagessen fällt der Vorhang. Der Nachmittag ist der zweite Akt. Dann fallen die Besucher ein, bringen neue Gerüche, neue Gerüchte mit. Am Abend dann der dritte Akt. Der Krebs zeigt seine Fratze. Als würde er sich am Tag verstellen, sich hübsch anmalen. Am Abend und in der Nacht ist sein hässliches Gesicht zu sehen. Dann wird die Ruhe auf dem Gang fast ohrenbetäubend.

Heute ist alles anders. Irgendwas liegt in der Luft. Als ich zur Kaffeeküche schlendere, sehe ich auch, was: Merlin ist wieder da. Wir haben uns letztes Jahr hier kennengelernt. Der Typ ist total durchgeknallt. Aber auf eine nette Art irgendwie. Für den ist der Krebs eher so eine lästige Fliege, die man verscheuchen muss. Er boxt mir auf den Oberarm.

»Ey, Alter. Was machst du denn hier? Hast du kein Zuhause?«

»Wollte ich dich gerade fragen. Oder hast du dich

beim letzten Mal doch in Sophie verknallt? Dann habe ich gute Nachrichten für dich. Die liegt in der 18.«

»Sophie? Dass es die überhaupt noch gibt, hätte ich nicht gedacht.«

Er grinst breit, und ich bin mir nicht sicher, ob er einen Scherz gemacht hat.

Er senkt ein bisschen die Stimme.

»Komm nachher mal ins braune Zimmer, ich habe was Geiles dabei.«

Seine Mutter ruft. »Merlin, komm. Wir schauen uns mal dein Zimmer an.«

Echt lustig. »Wir schauen uns mal dein Zimmer an«, das klingt, als wolle sie prüfen, ob die Räumlichkeiten auch gut genug sind und ob die Krankenschwestern auch das Betttuch schön straff gezogen haben. Die Alte tut so, als wäre das hier eine Wellness-Klinik für entzündete Mitesser.

Am Nachmittag ist die Neugier zu groß. Ich gehe wirklich mal ins braune Zimmer. Merlin hat da allen Ernstes eine Wii aufgebaut. Mit zwei Lenkrädern und zwei Plastikgitarren.

»Wie wär's? Willst du eine Runde Auto fahren?«

Er hält mir ein Lenkrad hin.

Natürlich loose ich total ab. Merlin scheint schon Millionen von Rennen gefahren zu sein. Was aber einfach total witzig ist: Man kann sich vorher selber kreieren. Man kann sich eine neue Identität zulegen. Mit Gesicht, Frisur und allem. Ich bin mit der Nils-Figur echt zufrieden. Wie dieser Typ da im Auto abhängt und lässig auf das Startlicht wartet, sieht wirklich nicht schlecht aus. Ich bräuchte nur noch ein paar Fans, die mir zujubeln. Ich werde morgen mal Helene fragen, ob sie nicht mein Groupie sein will.

Der nächste Tag beginnt kacke und ich wunder mich gar nicht. Es ist Samstag. Allein das ist schon schlimm. Dazu scheint auch noch die Sonne. Der perfekte Tag zum Chillen. Jenseits des Krankenhauses. Hier drin ist es der perfekte Tag zum Durchdrehen. Helene ist nicht in ihrem Zimmer und Sophie hockt heulend im Gemeinschaftsraum. Da kann ich wohl kaum anfangen, Autorennen zu fahren. So abgebrüht fühle ich mich gerade nicht … Meine Eltern holen mich um 12 Uhr zum Mittagessen ab. Wir gehen in die Pizzeria direkt gegenüber. Der Pizzabäcker weiß wohl, dass hier fast nur Patienten essen und dass die nicht gerade verwöhnt sind. Er hat sich mit seinem Niveau angepasst. Meine Lasagne schwimmt in Öl und hat fast die gleiche Temperatur wie meine Cola. Mum wühlt in ihrem Salat.

»Suchst du was Bestimmtes«, fragt Dad irgendwann genervt.

»Eine Krabbe. Der Salat sollte mit Krabben sein. Eine habe ich schon gefunden. Bei dem Wort Krabben gehe ich aber mindestens von zweien aus«, erklärt sie ihm und schiebt weiter welke Blätter an den Rand.

»Vielleicht war die Krabbe, die du schon gegessen hast, schwanger. Dann waren es ja schon zwei«, mutmaße ich.

Beide müssen grinsen.

Das gab es echt lange nicht mehr.

Ich gucke meinen Vater an, deute in sein Gesicht. »Du hast da was. Geh das besser mal abwaschen.«

Er fasst sich panisch und peinlich berührt ins Gesicht, steht sofort auf und sucht das Klo.

Ich stupse meine Mutter an und deute auf die große Pizza von meinem Dad.

»Bedien dich.«

»Du bist ja vielleicht hinterhältig«, murmelt sie, beide Backen voller Thunfischpizza.

Wir lassen meinem Dad zumindest ein Anstandsachtel.

Nachdem der Ober dann noch versichert hat, dass sie das Tiramisu nicht selber machen, gönnen wir uns auch noch einen Nachtisch.

Ich spüre, wie meine Laune langsam in den Plus-Bereich steigt. Am Abend schnellt sie noch weiter nach oben. Natürlich schreibe ich sofort Laura. Was Besseres habe ich eh nicht vor.

Tag 13

Wochenende, und ich häng hier rum. Jan und Alex treffen sich heute im Blue Bird und gehen dann sicher noch weiter. Nettes Bierchen zischen, Mädels anlabern ...

Ich könnt' kotzen! Immer wieder sage ich mir den Satz vor. Damit ich auch so aussehe. So richtig übel. Schließlich muss ich noch die Brech-Nummer durchziehen. Das fällt mir schwer. Immerhin hab ich Helene hier. Wir sind mittlerweile ein gutes Team geworden.

Aber bald muss ich mich wenigstens fit genug für meinen Ärzte-Gig fühlen.
Ich hab nämlich Karten fürs Konzert. Supergeil! Die haben ja doch was auf dem Kasten.
(- nun mal langsam -)
Udo von »Dein Wunsch« war gerade da und hatte vier Karten für den Ärzte-Gig in der Hand. Na ja, das persönliche Treffen ist noch in Arbeit, die müssen erst mit den Typen vom Management oder so quatschen. Aber die haben da echt einen Kontakt, und es könnte gut sein, dass ich mit der Band vor oder nach dem Gig ein Bierchen trinken darf. Wen soll ich denn mitnehmen? Du bist ja grad etwas weit weg ...;-) Ob ich mich traue, Helene zu fragen? Wir haben extra Plätze, wo man nicht umgepogt werden kann. Ist zwar nicht ganz dasselbe wie vor drei Jahren mit dir (hast dich echt gut geschlagen damals, Schwesterchen), aber mit meinen niedrigen Thrombos sollte man vernünftig sein – wie so oft. Scheißvernunft! Ich freu mich!
Dein kleiner Bruder

Ich tiger vor dem Zimmer von Helene auf und ab. Ich will sie so gerne fragen, ob sie mit mir hingeht. Ich traue mich nicht. Das klingt so kitschig. Anni hat mir heute Morgen erklärt, dass die anderen beiden Karten an Meike gehen. Sie darf auch jemanden mitnehmen. Ich überlege, ob ich Helene vielleicht einen Brief schreiben soll. Ich könnte den Zettel in eine leere Flasche stecken und ihr als Flaschenpost heimlich auf den Nachttisch stellen. Was für ein Bockmist. Das ist völlig gestört. Ich muss sie einfach ganz nebenbei fragen.

Ganz beiläufig. Das ist viel cooler. Ich weiß gar nicht genau, warum sie überhaupt hier ist. Vielleicht sollte ich das vorher mal auskundschaften. Vielleicht darf sie die Station gar nicht verlassen, dann kann ich mir die Frage auch sparen.

Ich passe einen perfekten Moment ab. Eine Lernschwester schiebt neue Sprudelkästen in die kleine Küche. Ich gehe hinterher, stelle einfach mal den Wasserkocher an.

»Ach, hey«, sage ich ganz beiläufig.

Sie zuckt zusammen. Lange arbeitet die bestimmt noch nicht auf der Horrorstation.

»Ich bin Nils«, stelle ich mich brav vor.

»Lernschwester Fiona. Ich koche nur eben einen Tee für Helene.«

Sie nickt und wuchtet weiter die Kästen.

»Ich bin so froh, dass es ihr wieder besser geht«, plappere ich weiter.

Die Lernschwester antwortet darauf leider nicht.

»Vor ein paar Tagen ging es ihr ja noch total schlecht. Aber dieses Dings scheint ja zu wirken.«

Ich tue so, als würde ich nachdenken.

»Jetzt habe ich vergessen, wie die Therapie von Helene heißt. So was Blödes. Wir haben gerade noch drüber gesprochen.«

Lernschwester Fiona guckt mich an wie einen sprechenden Fisch.

»Wie heißt das noch mal, was Helene bekommt wegen ihres Dings-Krebses?«, versuche ich es ganz frontal. Jetzt muss diese dumme Kuh doch mal was sagen.

»Netter Versuch, Nils«, höre ich hinter mir.

Schwester Anne lehnt in der Tür und fixiert mich.

»Helene bekommt einfach eine Dings-Therapie gegen diesen Dings-Krebs. So einfach ist das. Wenn du noch mehr wissen willst, frag sie doch einfach selber.«

Ich würde ihr am liebsten das fast kochende Wasser ins Gesicht kippen. Meine Fresse, so hinterhältig war meine Frage doch gar nicht. Ich reiße einfach den Stecker aus dem Kocher und will, an Anne vorbei, raus.

Sie hält mich vorsichtig am Arm.

»Nils, du willst doch auch nicht, dass wir mit anderen über dich reden, oder?«

»Was könnten Sie denn über mich verraten? Was wissen Sie denn von mir?«

Meine Stimme ist ein bisschen lauter als beabsichtigt.

Ich stürme auf mein Zimmer, versuche mich zu beruhigen. Ich könnte heulen – vor Wut. Fühle mich so ertappt. Als wäre ich ein neugieriges Klatschmaul. Ich will doch nur Helene nicht verletzen. Was soll ich sie fragen, ob sie mit zu dem Gig kommt, wenn sie eh nicht wegdarf? Das wäre doch total gemein.

Als Schwester Ulla reinkommt, stehe ich sofort auf.

»Endlich. Ich warte schon ewig.«

Ich packe meine Utensilien und gehe direkt in Max' Zimmer. Während der letzten Stunden habe ich ein 1-a-Puppentheater-Musikequipment gebaut. Eine Gitarre für das Krokodil, eine Trommel für den Kasper, ein Mikro für die Prinzessin. Aus alten Kronkorken von den Malzbierflaschen habe ich sogar eine perfekte Rassel gebastelt. Max und Hamid sitzen schon aufgeregt in ihren Betten. Auf drei Stühlen sind Kids, die ich nur vom Sehen von der Station kenne. Ich werde offenbar schon erwartet. Mit zwei Stühlen und einem alten Betttuch baue ich mir eine richtige Bühne. Und dann wird gerockt. Die Geschichte ist vielleicht ein bisschen wirr, aber das kümmert das Publikum gar nicht. Fünf Augenpaare verfolgen hellwach, was die Band »Cancer-Cancel« so treibt. Ulla schafft es zwar nicht, den Kasper vernünftig headbangen zu lassen, aber beim Stagediving der alten Hexe machen die kleinen Zuschauer sofort mit. Hamid kniet irgendwann vor der Bühne, den Mund so offen und so rund wie die braunen Kulleraugen. Ich bitte Max seine kleine Musikanlage anzumachen und es gibt einen Karaoke-Battle zwischen dem Krokodil und dem Kasper. Als die fünf irgendwann verteilt auf den zwei Betten einschlafen, komme ich kaum hoch. Meine Beine sind eingeschlafen und völlig taub. Und trotzdem fühlt es sich so gut an, als Schwester Ulla und ich uns mit offener Hand abklatschen.

Ich gehe am nächsten Morgen direkt nach dem Frühstück los. Nicht nachdenken. Nicht zweifeln. Nur gehen. Keine Worte zurechtlegen. Da verheddere ich mich nur. Helene kaut noch an ihrem Vollkornbrot.

»Hallo, du Rockstar.«

Ich gucke sie nur fragend an.

»Ich habe schon gehört, was du gestern Abend für

eine Show bei Klein-Maxi abgezogen hast. Da habe ich wohl echt was verpasst.«

»Das war doch Kinderprogramm. An der Teeniesendung für Girls arbeite ich noch.«

»Dann sag mir bloß rechtzeitig Bescheid«, grinst Helene.

Ich frage jetzt einfach. Ganz direkt. Was soll das Rumeiern.

»Was hast du eigentlich?«

Sie schluckt.

Dann zeigt sie auf ein großes Pflaster auf ihrer Hand.

»Da hatte ich Hautkrebs. Die OP ist ganz gut verlaufen. Jetzt bin ich noch zur Beobachtung hier.«

Ich starre sie an. Hautkrebs. Lächerlicher geht es wohl nicht. Das hat für mich einen Stellenwert wie Husten. Okay: vielleicht wie Husten UND Schnupfen. Mehr auf gar keinen Fall.

»Und warum immer der Turban? Ich dachte, du hast eine Glatze.«

»Quatsch. Ich finde den einfach super. Sieht doch witzig aus, oder? Und hier laufen so viele mit Kopftüchern rum. Da fand ich das ganz passend.«

Diese dumme Kuh. Die hat sich hier mit einem Quadratzentimeter billigem Hautkrebs eingeschlichen. In ein paar Tagen wird sie entlassen und ihrer Clique von diesen komischen Typen da im Krankenhaus erzählen. Ich raff das überhaupt nicht.

»Aber du bist doch total schwach«, sage ich nur leise.

»Ich habe immer so Probleme mit dem Kreislauf. Bei dem vielen Rumliegen sackt mein Puls total ab. Ich mache sonst ziemlich viel Sport. Tanzen und so. Das Abhängen ist mein Körper einfach nicht gewohnt ...«

Ich muss meinen Beinen befehlen aufzustehen und mich zu halten. In mir zittert alles. Ich eiere zur Tür. Warum ich mich noch mal zu ihr umdrehe, weiß ich gar nicht. Im ersten Moment denke ich, sie heult, weil ich ihr so leidtue. Doch in ihrem Blick ist was anderes.

»Ist noch was?«, frage ich brüsk.

Mit einem Ruck schiebt sie ihren Turban nach hinten. Kreischend bunt liegt er auf dem weißen Kopfkissen. Ihre Glatze glänzt mich an. Ich raffe das nicht.

»Hast du dir auch gleich noch eine Glatze rasieren lassen, weil das alle hier haben? Cooler Trend, was?«

Sie schüttelt den Kopf.

»Steht dir übrigens nicht«, fahre ich fort. »Deine Ohren wirken riesig. Aber bald hast du ja wieder eine Mähne, die du in der Disco fliegen lassen kannst. Schönes Restleben wünsche ich dir.«

Vom Bett kommt nur ein geflüstertes »Nils«. Aber so flehend, dass ich es nicht schaffe zu gehen.

»Was ist noch?«

Sie wischt sich mit dem Schlafanzugärmel die Nase ab. Der durchsichtige Schnodder zieht eine schleimige Spur.

»Das stimmt doch alles nicht.«

Ich gehe ein paar Meter auf sie zu, lehne mich an den Tisch.

»Was stimmt nicht?«

»Alles.«

Sie räuspert sich.

»Du willst wirklich wissen, was ich habe? Ich habe eine Scheißangst. Eine Angst, die mich fesselt. Jeden Tag zieht sich das Seil ein bisschen fester.«

Sie schlägt die Bettdecke zurück, zeigt auf ihren Bauch.

»Da drin wächst ein riesiger Tumor. Und er hat viele nette Ansichtskarten in meinen ganzen Körper verschickt. Der Krebs zieht wie eine Armee durch mich und macht alles kaputt, was er so findet. Eine weitere OP ist aussichtslos. Die müssten mich völlig leer räumen. Entkernen, sozusagen. Die Chemo hat es auch nicht gebracht. Also, die hat natürlich schon total viel gebracht: viel Kotzerei und Krämpfe. Nur den Krebs hat sie nicht geschafft. Die Klinik hier ist der letzte Versuch. Ich bin in einer Studie mit einer neuen Chemo. Ich bin ein Versuchskaninchen – wenn alles gut geht. Also, wenn es mir schlecht genug geht.«

»Und warum erzählst du mir dann so einen Scheiß?«

»Möchtest du nicht manchmal glauben, du bist nur hier, weil sie dir einen Blinddarm rausgenommen haben oder so was? Stellst du dir nicht manchmal vor, alles wird wieder gut? Hast du nicht Angst vor den wahren Worten?«

Sie weiß ja nicht, wie sehr.

»Ich habe einfach keinen Bock, verarscht zu werden.«

Sie zieht auch auf dem anderen Schlafanzugärmel eine Schnodder-Spur. Komisch, bei ihr finde ich das noch nicht mal eklig.

»Ich wollte nicht dich verarschen. Ich will mich manchmal selber verarschen.«

Und mir selber für einen Moment glauben.

Ich verstehe sie so gut. Aber das kann ich nicht sagen. Ich will jetzt nicht über mich reden. Ich weiß nicht, was sie weiß. Was ich überhaupt will, dass sie weiß.

»Eigentlich bin ich ja gekommen, weil ich dich zu einem Ärzte-Konzert einladen wollte.«

»Das ist jetzt aber eine billige Retourkutsche. Wieso nicht gleich Karibikurlaub?«

»Nein, im Ernst. Für ganz arme kranke Kinder gibt es manchmal ein Bonbon. Und ich hatte mir als Bonbon zwei Tickets für einen Gig der Ärzte gewünscht – und simsalabim: Ich habe sie.«

»Warum denn ausgerechnet die Ärzte? Davon haben wir hier doch eigentlich genug«, grinst sie, immer noch verschmiert.

»Die Toten Hosen fand ich einfach unpassend«, sage ich ihr direkt ins Gesicht. Und sie versteht.

Nach gefühlten hundert Stunden holt Helene tief Luft.

»Ich komme gerne mit.«

Ich nicke kurz.

»Das wollte ich hören. Bis später dann.«

Ganz cool gehe ich raus. Sie muss ja nicht unbedingt sehen, wie sehr ich mich freue.

Als am Nachmittag der Boll gemeinsam mit meinen Eltern in meinem Zimmer steht, bin ich total überrascht. Ich hatte echt vergessen, dass schon wieder ein Gespräch à la »Wie soll es jetzt weitergehen« vereinbart war. Ich versuche, mich so weit wie möglich rauszuhalten. Was soll ich mich über eine Zukunft unterhalten, die diesen Namen nicht verdient? Ich will mich nicht damit befassen. Das nervt. Ich habe doch echt schon genug damit zu tun, die Gegenwart irgendwie rumzukriegen. Da kann ich nicht auch noch daran denken, wie viele Morgen es noch geben wird. Ich habe richtig Panik davor, dass der Boll sich irgendwann verplappert und so Sachen sagt wie zum Beispiel »ein Monat noch«. Ich will das nicht hören.

Irgendwann sage ich leise: »Vielleicht wäre eine Wohngemeinschaft ganz gut.« Der Gedanke ist mir gerade gekommen. Ich weiß gar nicht, wie ich ihn finden soll. Aber meine Eltern stürzen sich darauf wie hungrige Löwen auf ein totes Stück Fleisch. Sie diskutieren das Für und Wider, überlegen, wo eine geeignete WG zu finden ist und so. Sie wirken ein bisschen glücklicher, als sie gehen. Sie haben einen Auftrag. Vielleicht die Illusion, noch irgendwas für mich tun zu können.

Als mir am Abend Schwester Ulla über den Weg läuft, zieht sie mich sofort ins große Badezimmer.

»He, Großer. Ich brauche dich heute Abend. Ich habe mir was noch Besseres als Kasperletheater überlegt. Bist du dabei?«

»Wenn es kein Banküberfall ist.«

Sie lacht und macht sich auf den Weg zum Schwesternzimmer.

Ich laufe hinter ihr her.

»Ich habe es mir überlegt. Überfall wäre auch okay. Hab ja doch nichts zu verlieren«, rufe ich ihr hinterher.

Doch Ulla hat was echt Besseres auf dem Plan. Was viel Besseres.

Tag 16

Guten Morgen Laura,
irgendwie wird die Stimmung hier langsam besser. Sie hat »Ja« gesagt. Wirklich! Ich meine Helene, sie wird mit zum Ärzte-Konzert gehen. Das wird geil! Einen Abend abrocken und alles vergessen.
Obwohl es hier gerade auch erträglicher wird. Ulla hat immer noch Nachtschicht und wir stellen fast jedes Mal die Station auf den Kopf.
Nachdem Ulla und ich dem Max (der kleine Junge aus Zimmer 12) und einigen anderen Kurzen ein paar sehr coole Kasperletheaterstücke von der anderen Art vorgespielt haben, hatte Ulla eine neue Idee, um die Kleinen müde zu kriegen: die Stationsolympiade. Erste Disziplin war »Tropfständerwettskaten«. Max und Hamid traten gegeneinander an, dann Julia und Emma. Ulla war die Schiedsrichterin am Ziel, ich musste den Start bewachen und das Startsignal geben, und dann ging es ab, über den Stationsflur. Nach einer Weile hatten wir eine Menge Publikum aus den anderen Zimmern. So ganz leise waren wir nämlich nicht.
Als Zweites fand das »Rollstuhlwettrennen« statt. Nachdem Hamid beim Skaten gewonnen hatte, war Max mit seinen Armen fixer und hat Hamid mit dem Rolli hinter sich gelassen.

Im »Wasserweitspritzen« waren die Mädels einsame Spitze. Die hatten eine echt ausgefeilte Technik entwickelt, bei der sie mit der flachen Hand auf die Spritzen hauen und der Wasserstrahl total lange über den Flur saust. Da konnten die Jungs nicht mithalten.
Als wir fertig waren, war es fast Mitternacht, und die Kleinen mussten schleunigst ins Bett. Waren jetzt aber auch so erschöpft, dass sie gleich eingepennt sind, ganz ohne Weinen. Heute Morgen haben alle natürlich etwas länger geschlafen, sodass die Schwestern der Frühschicht mit ihrer Zeitplanung etwas im Stress waren. Tja, shit happens! Bin sehr gespannt auf die nächsten Ideen von Ulla. Könnte mich glatt langsam auf die Abende hier freuen. Hoffentlich geht ihre Schicht noch ein bisschen, bevor gewechselt wird.
Ich wünsche dir einen tollen Tag!
Nils

Auf der ganzen Station liegt ein Knistern in der Luft. Die Schwestern und Ärzte dürfen natürlich nichts mitkriegen. Wir könnten uns alle vor Lachen fast in die Hose machen, wenn wir uns nur angucken. Das war echt mal cool. Max zeigt mir ganz stolz eine Verbrennung in der Hand. Da hat er ein bisschen unglücklich den Rollstuhl gebremst. Die Stelle sieht echt ein bisschen fies aus, aber Max ist stolz wie Oskar. Er zeigt mir die abgeschürfte Haut wie eine Trophäe. Auch Hamid grinst die ganze Zeit. Zum ersten Mal wirken seine Augen nicht wie zwei schwarze Gullilöcher. Er blickt mich dunkel an, aber nicht mehr düster. Lernschwester Fiona wischt seit einer Stunde den Flur. Keiner kann sich erklären, wo die Wasserpfützen und die schwarzen Gummistreifen am Boden herkommen. Die kackbraune Psychotusse, die sie neulich auf mich gehetzt haben, hat sich schon voll langgemacht. Geschieht ihr recht. Am liebsten würde ich zu ihr gehen und ihr so einen bescheuerten Psychospruch drücken. So was wie »Man darf ruhig fallen, man darf nur nicht liegen bleiben«. Irgendwann treffen wir uns alle im braunen Zimmer. Als hätten wir uns verabredet. Max ist völlig aus dem Häuschen. Er versucht, uns von einem Wasserpistolen-Battle zu überzeugen. Das sei noch viel krasser als mit Krankenhausspritzen. Offenbar hat er Hamid auch schon bearbeitet.

»Pumpgun«, sagt der kleine Afghane immer wieder und zielt lachend auf wehrlose Besucher, die vor dem Zimmer rumlaufen. Ich finde die Vorstellung ja auch ganz amüsant. Vor allem, weil ich eine Hammer-Pumpgun zu Hause habe. Das ist schon keine Wasserpistole mehr. Das ist eher ein kleiner Wasserwerfer. So mit Tank auf dem Rücken und so. Ein paar Minuten stelle ich mir vor, wie ich mit dem Teil im Anschlag über die Stationen schleiche und mit einem scharfen Strahl alles abknalle, was mir vor die Flinte läuft. In meiner Fantasie werde ich zum einsamen Ninja-Krieger mit einer Vision. Ich löse mich schnell von den Bildern.

»Jetzt spinnt nicht rum. Wenn wir hier zu viel Mist machen, gibt es wahrscheinlich richtig Ärger«, warne ich die anderen.

»Was ist denn deiner Meinung nach richtiger Ärger? Viel ärger kann es doch eh nicht mehr kommen, oder meinst du, die streichen uns das Morphium?«, fragt Meike.

Da hat sie natürlich recht.

»Wenn wir hier nachts Scheiße bauen, ist Schwester Ulla wahrscheinlich ihren Job los«, gebe ich zu bedenken.

Das leuchtet allen ein. Fast allen. Max macht den grandiosen Vorschlag, dass wir Schwester Ulla ja einfach knebeln und fesseln könnten. Dann wäre sie ja unsere Gefangene und nicht schuld. Sophie teilt ihm auf ihre extrem einfühlsame Art mit, dass das keine gute Idee ist.

»Bei dir ist jetzt wohl auch schon das Gehirn befallen. Halt einfach den Mund, dann fällt es vielleicht nicht so auf.«

Ich überlasse den anderen die Diskussion, was man nachts noch so anstellen könnte, ohne Schwester Ulla in Gefahr zu bringen, und gehe zu Helene. Sie sitzt am Fenster. In den Ohren hat sie die Stöpsel von ihrem MP3-Player. Sie erschrickt total, als ich sie anstupse.

»He, warum kommst du nicht mit in den Gemeinschaftsraum? Wir planen gerade die nächste Nachtaktion.«

»Das ist mir zu anstrengend.«

Ich weiß nicht genau, was sie meint. Den Gang über den Flur oder das Planen.

»Wir haben letzte Nacht ein ziemliches cooles Rennen veranstaltet. Du hast echt was verpasst.«

»Ich habe schon davon gehört. Max war hier, um mir seine Verletzung zu zeigen. Er war mächtig aufgeregt.«

»Bist du heute Nacht mit dabei? Wir brauchen ja nicht nur waghalsige Spitzensportler, sondern auch fanatische Fans zum Anfeuern.«

»Ich glaube, ich schaff das nicht. Ich übe gerade die Disziplin ›Toilettengang ohne Schnappatmung‹. Für eure Aktionen bin ich echt ungeeignet.«

»So schlimm?«

Sie nickt.

»Die Schmerzen habe ich ja ganz gut im Griff damit.« Sie zeigt auf ihre Schmerzpumpe, mit der sie selber die Morphiumzufuhr bestimmen kann. »Aber meine Lunge scheint zu schrumpfen. Der Krebs frisst immer mehr auf, und ich kriege kaum noch Luft rein.« Ich sehe die Panik in ihren Augen, dass sie irgendwann nicht mehr genug reinbekommt. Dass es irgendwann nicht mehr reicht.

»Was hörst du denn gerade?«

Ich zeige auf den MP3-Player.

»Kennst du bestimmt nicht. Ist so ein Chanson. *Je ne regrette rien.*«

Sie hat recht. Kenne ich nicht. Französische Schlager sind nicht so mein Fall.

»Und das ist gut?«

»Das heißt auf Deutsch: Ich bereue nichts. Guter Gedanke, was?«

Ich bereue nichts. Hört sich nicht schlecht an.

»Und stimmt das? Bereust du nichts?«

»Doch. Total viel. Ich bereue, dass ich so viel Zeit verplempert habe. Dass ich mich über so viel Scheiß geärgert habe. Mich mit so viel Quatsch beschäftigt habe.«

»Meinst du, es ist gut für dich, wenn du dich so über dich selber ärgerst? Das ändert doch jetzt auch nichts mehr. Außer, dass es dir noch mehr schlechte Laune macht.«

»Ich denke einfach darüber nach, was ich anders machen würde, wenn ich noch mal anfangen könnte.«

»Das heißt nur, dass du dich weiter mit Quatsch beschäftigst. Du kannst nicht noch mal anfangen. Also ist das total überflüssig.«

Ich höre mir selber erstaunt zu.

»Du glaubst, dass die Chemo hier nichts bringen wird, oder? Du glaubst, dass ich eh krepieren werde. Danke für die Hilfe.«

Sie hat Tränen in den Augen. Das war echt kacke von mir.

»Ich meine nur, du fängst nie wieder bei null an. Egal, was hier passiert. Egal, wie lange das Leben noch dauert. Das hier gehört immer dazu.«

Ich verabschiede mich schnell und verlasse den Raum, setze mich an mein eigenes Fenster. Ich versuche nachzudenken. Würde ich was anders machen, wenn jetzt doch noch die Wunderheilung passiert? Wahrscheinlich würde ich es mir vornehmen und es doch nicht schaffen. So wie ich mir oft vorgenommen habe, Streit mit meinem Vater rechtzeitig aus dem Weg zu gehen. Geklappt hat es fast nie.

Die Frage ist ja eher: Hätte ich was anders gemacht, wenn ich gewusst hätte, dass ich mit 16 sterbe? Bei dem Gedanken wird mir richtig mulmig. Wenn ich es vielleicht schon mit zehn oder zwölf gewusst hätte. Ich hätte nicht nur vieles anders gemacht, ich hätte wahrscheinlich vieles gar nicht mehr gemacht. Weil dann alles sinnlos gewesen wäre. Ich hätte das gemacht, was ich jetzt mache: ganz angestrengt nichts. Was für ein fürchterlicher Gedanke. In dem Moment, wo ich erfahren hätte, dass es bald vorbei ist, hätte ich aufgehört zu leben. Ich wäre lange vor dem Tod gestorben. So wie Helene jetzt schon ein bisschen stirbt. Ich muss sie da rausholen. Muss sie ablenken. Ich will nicht, dass sie aufgibt, ehe sie den Löffel abgibt. Vielleicht kann die neue Chemo ihren Krebs in die Schranken weisen. Vielleicht kann sie wenigstens das schaffen. Ich gehe direkt wieder zu ihr. Sie sitzt immer noch am Fenster, hat immer noch die Stecker im Ohr. Offenbar hört sie aber gar keine Musik. Sie dreht sich sofort zu mir um.

»Das ist doch total bescheuert, dass du hier sitzt und den vergangenen Zeiten hinterherheulst. Mach was.«

»Aber ich heule den vergangenen Zeiten gerne hinterher. Das befreit.«

Sie hört sich ein bisschen wütend an. Immerhin.

»Bockmist. Davon kriegst du nur rote Augen und das sieht zu deinem blassen Gesicht kacke aus. Deine Eltern kriegen ja einen Schock, wenn sie dich so sehen.«

Endlich lacht sie mal ein bisschen. Zumindest kurz.

»Mach dir keine Sorgen. Meine Eltern wohnen ziemlich weit weg. Die können leider nicht so oft für einen Besuch kommen. Also habe ich genug Zeit. Zumindest von der Zeit, die mir noch bleibt.«

Sie holt kurz Luft.

»Nils, ich ärgere mich darüber, dass ich manche Sachen bis jetzt nicht gemacht habe. Oder ich ärgere mich über Sachen, die ich gemacht habe. Aber ich denke trotzdem gerne darüber nach. Ich liebe mein Leben. Auch das, das ich bis jetzt gelebt habe. Und daran zu denken, finde ich sinnvoller, als mich hier mit Meike und Sophie über irgendeinen Scheiß zu streiten. Ich erinnere mich einfach gerne. Da sind so viele Sachen, die ich schon vergessen hatte.«

Sie zeigt auf einen Stapel Notizbücher auf ihrem Nachttisch.

»Meine Eltern haben mir meine Tagebücher mitgebracht. Die sind tausendmal witziger als das Fernsehprogramm hier oder die zerfetzten Taschenbücher aus der Krankenhausbibliothek. Ich kann dir mal die Stelle vom Vorabend meines ersten Schultages am Gymnasium vorlesen. Ich habe drei Seiten lang darüber nachgedacht, was ich anziehen soll. Da lachst du Tränen, ich schwöre es dir.«

»Du kannst doch nicht die ganze Zeit wie ein Storch durch Erinnerungen waten. Das ist doch krank.«

»DAS ist krank? Ganz bestimmt nicht. Ich habe total schöne Erinnerungen. Ich habe viel Schönes erlebt, das kann man ruhig ein zweites Mal rauskramen. Und solange sogar aufgewärmte Erinnerungen besser sind als eine frische Gegenwart, finde ich das total okay.«

Ich weiß echt nicht, woher das Mädchen diese Ruhe nimmt. Sie tut so, als wüsste sie genau, was richtig ist.

»Aber wir leben doch jetzt. Jetzt muss es doch gut sein«, versuche ich noch mal. Manchmal bin ich selber überrascht, diese Worte aus meinem Mund zu hören, die ich selber so gerne glauben möchte.

»Aber wenn das Jetzt nur mit der Erinnerung an gestern gut ist, darf ich die doch wohl wiederbeleben, oder?«

»Denkst du denn nie an das, was kommen wird?«

»Klar. Ich freue mich auf das Konzert mit dir, obwohl ich echt noch nicht weiß, wie ich das schaffen soll. Ich freue mich auf den Moment, wenn endlich diese Kackchemo anfängt und ich wieder kotze und würge, weil ich weiß, dass das den Krebs knacken kann. Und ich denke auch an die Schmerzen, und ich bete, dass ich stärker sein werde.«

Ich nicke. Langsam verstehe ich. Helene gönnt sich gerade so viel Gegenwart und Zukunft, wie sie schaffen kann. Den Rest füllt sie mit Gedanken an früher auf. Vielleicht ist das der Weg. So wird alles für sie erträglich. Wenn die Angst vor dem, was kommt, zu bitter wird, streut sie ein paar süße Erinnerungen ein. Eine Prise schöner Momente, und der fiese Geschmack wird gemildert. Ich hole ein paar schöne Erinnerungen hoch und sofort schnürt sich meine Kehle zu. Ich habe das Gefühl: Je schöner die Erinnerung, umso mehr tut sie nun weh.

»Musst du nicht andauernd heulen, wenn du an das Gestern denkst und daran, dass du das vielleicht nie mehr haben wirst?«

Sie guckt mich fast amüsiert an.

»Das weißt du doch. Ich flenne ja andauernd. Aber das ist irgendwie auch schön. Das ist wie eine Wäsche von innen. Damit wird die ganze Angst rausgespült. Heulen tut doch total gut.«

Die hat vielleicht Nerven.

»Wenn die Party heute Nacht steigt, mache ich deine Tür auf, dann kannst du wenigstens zusehen.«

Sie nickt und stellt ihren MP3-Player wieder an.

Es ist, als würde Helene durch ein großes Haus gehen. Am liebsten mag sie die Zimmer, die sie kennt. Wo ihr alles vertraut ist. Und sie hofft, dass sich irgendwann die Tür öffnet und sie wieder rauskann. Durch den Vorgarten auf die Straße. Zurück ins Leben. In meinem Haus gibt es keine Tür nach draußen. Ich muss gar nicht mehr suchen. Ich kann höchstens mal durchs Fenster gucken und den anderen beim Leben zusehen. Ob Helene das überhaupt weiß? Ob sie ahnt, dass meine Haustür zugemauert ist? Und dass die Angst zu groß ist, um sie durchs Fenster rauszuwerfen?

Ich spüre, wie die Aufregung steigt. Ich glaube, auch die Schwestern merken was, als sie das Abendessen verteilen. Oft müssen sie dann bei den Kleinen noch Tränen trocknen. Wenn die meisten Eltern und die Geschwistern gehen, kommt oft die Verzweiflung hoch. Dann macht sich Einsamkeit breit. Heute Abend ist das anders. Alle können es kaum erwarten, bis die vielen Tabletts wieder eingesammelt sind. Als Schwester Ulla kommt, stehe ich fast zufällig am Aufzug.

»Hallo. Brauchen Sie heute wieder meine Hilfe? Ich bin bereit.«

»Nils, lass dich auch mal überraschen.«

Am nächsten Morgen muss ich das natürlich sofort Laura schreiben.

Tag 17

Heute Nacht ist Ulla fast durchgedreht! Nachdem der Spätdienst weg war, hat sie sich einen Mundschutz schwarz angemalt und als Augenklappe aufgesetzt, dann hat sie sich Merlin geschnappt, und die beiden haben mich abgeholt. Merlin, der seit seinem letzten Aufenthalt hier unterschenkelamputiert ist, hat seine Superprothese ausgezogen und sich mit Verband einen Toilettenpömpel (diese Dinger, die man für verstopfte Klos braucht) ans Bein gebunden. Es sah echt aus, als wenn er ein Holzbein aus so 'nem Piratenfilm hätte. Wir haben uns alle rote oder schwarze Tücher um den Kopf gebunden und sind zu Max und Hamid ins Zimmer rein. Die haben vielleicht geguckt! Haben den Mund kaum noch zubekommen. Auf ein altes Laken, das sowieso ausrangiert werden sollte, hatte Ulla schon einen Totenkopf gemalt. Das hat sie dann kurzerhand an Max' Tropfständer gebunden und mit uns die Betten der beiden zusammengeschoben – schon saßen wir auf einem Seeräuberschiff, und die Fahrt konnte losgehen. Ich sag es dir, das war ein Spaß! Wir haben Piratenschätze gefunden und andere Schiffe gekapert.

Irgendwann, nach etlichen Seeräuberabenteuern, kuschelten wir uns alle zum Schlafen zusammen, und die Kleinen waren in zwei Minuten eingepennt. Ulla hat Merlin und mich dann auch ins Bett geschickt. Aber auch ich kann nach diesen

Nächten mit Ulla irgendwie besser schlafen. Diesmal kam in meinen Träumen wohl ein Johnny-Depp-Pirat vor, aber keine dunklen Sensenmänner mit ihren schwarzen Kapuzen.
Leider ist Ullas Schicht bald erst mal vorbei. Aber sie hat nur ein paar Tage frei und ist dann wieder da.
Ciao
Dein Nils

Die Stimmung auf der Station hat sich total gewandelt im Vergleich zu letzter Woche. Dabei hat echt alles mit diesem blöden Kasperletheater angefangen und damit, dass Schwester Ulla eine Hand fehlte. Jetzt haben wir hier alle ein Geheimnis. Also, außer dem Geheimnis, das jeder für sich hat. Wir haben ein gemeinsames. Auf dem Flur begrüßen wir uns mit einem fröhlichen »Ahoi«. Als ich Helene von unserem Piratenschiff erzähle, lacht sie total. Zwischen den Hustenattacken. Sie will wissen, ob wir denn auch »Wir lagen vor Madagaskar« gesungen hätten.

»Kenne ich nicht.«

Das hört sich an, als sei es aus der »Mundorgel« oder so.

Sie setzt sich in ihrem Bett auf und singt mir vor:

»Wir lagen vor Madagaskar und hatten die Pest an Bord. In den Fässern da faulte das Wasser und täglich ging einer über Bord.«

Plötzlich hält sie sich erschrocken die Hand vor den Mund, dann prusten wir los.

»Super Song. Genau das Richtige für ein Krebs-Piraten-Schiff«, lache ich laut. Sie gluckst auch vor sich hin.

Bis sie den nächsten, heftigsten Hustenanfall kriegt und ihr das Lachen vergeht.

Ich mache einen Streifzug durchs Haus. Wenn man mal echt zu gute Laune hat, muss man sich nur in die Aufenthaltsräume auf den normalen Stationen setzen. Unser Gemeinschaftsraum ist dagegen ein Designerstudio. Wir haben Sofas und gemütliche Sessel. An den Wänden hängen Poster. Es gibt einen Fernseher mit DVD-Player, eine Musikanlage und einen Kühlschrank. Also echt schon Luxus. Wahrscheinlich irgendeine Spende für die armen bemitleidenswerten Kinder, die hier liegen. Die anderen Aufenthaltsräume sind der Horror in Gelb und Ocker-Beige. Also farblich zwischen Urin und Durchfall. Sogar die Zeitschriften stecken in so geschmacklosen vergilbten Lesezirkelheftern. Überall riecht man noch, dass früher in diesen Räumen viel geraucht wurde. Das Lebendigste sind meist noch die Wollmäuse, die über den Boden huschen. Die Menschen, die da sitzen, sehen so aus, als habe man ihnen die Batterien geklaut. Die Frauen haben oft eklige Bademäntel an. Die sind immer so kurz, dass unten welke Beine rausgucken. Pergamenthaut, durch die geplatzte Adern schimmern. Die Taschen sind meist ausgebeult von zusammengeknüllten Papiertaschentüchern. Die Männer tragen Jogginganzüge. Häufig mit lächerlichen Aufdrucken hintendrauf. So was wie »Alte Herren – junge Helden«. Dabei kriegen die vielfach noch nicht mal die Füße hoch und schlurfen in ihren blauen Billigbadelatschen über den PVC, oder sie ächzen sich aus den Stühlen, um nur wieder schlapp-schlapp die nächste Runde zu drehen, immer den Gang hoch und runter. Genau so schleppt sich die Zeit über die Runden. In den Warteräumen vor den Untersuchungszimmern ist die Stimmung dagegen kribbeliger. Die Menschen hier warten darauf, dass endlich was passiert. Sie sitzen angespannt da, oft mit großen braunen Umschlägen in der Hand – die farblich super zur Einrichtung passen –, und hoffen, endlich untersucht zu werden. Man guckt sich gegenseitig nicht an. Nur leise reden die Kranken mit den Leuten, die sie begleiten. Angst und Ungeduld hört man trotzdem raus. Früher habe ich mir manchmal einen Spaß daraus gemacht, laute Handygespräche in den Warteräumen zu führen. Also, ich habe so getan, als ob ich mit irgendjemandem reden würde. Ich habe mir gruselige Krankengeschichten ausgedacht und verkündet, dass bei mir auf dem Zimmer ein Typ liegt, der sich mit einem Staubsauger einen runterholen wollte (ich habe so eine Story echt mal in einem Lesezirkelheft gelesen). Ich konnte richtig sehen, wie die Männer in dem Wartezimmer zusammenzuckten. Richtig blass wurden sie, wenn ich von einem Typen erzählte, der seit Tagen nicht mehr kacken konnte und dem die Scheiße irgendwann aus dem Mund quoll.

Mittlerweile habe ich auf so Horrorgeschichten keine Lust mehr. Ich könnte mich ja jetzt da hinsetzen und meinem Handy erzählen, dass ich bald sterbe. Wahrscheinlich könnte ich das Mitleid im Raum fühlen und schmecken.

Ich latsche weiter über die Gänge, lande irgendwann auf der Orthopädie. Hier ist die Stimmung immer am besten. Fast fröhlich. Hier geht es nur um kaputte Knochen. Krankenhaus light. Im Aufenthaltsraum liegen auch total viele Sportmagazine. Eigentlich nett. Ich frage mich nur, warum auf unserer Station dann nicht Flyer von Beerdigungsinstituten liegen. Wäre doch eigentlich logisch. Als ich am Fenster stehe, fällt mir auf, dass ich direkt über unserer Station bin. Ich zähle die Fenster ab. Direkt unter mir müssten Sophie und Meike liegen. Ich habe sofort eine super Idee. Und dafür brauche ich gerade mal einen Zettel und eine lange Schnur. Den Zettel habe ich schnell, wegen der Schnur gehe ich zu unserer Spiel- und Spaßtherapeutin Anni.

»Hast du mal ein langes Band für mich? Ich möchte was basteln.«

Anni freut sich fast ein Loch in den Bauch ... Seit ewigen Zeiten will sie mich schon für ihr Bespaßungsprogramm gewinnen. Sie drückt mir eine ganze Rolle Paketband in die Hand. Auf den Zettel schreibe ich nach kurzer Überlegung: »Du gehst mir einfach nicht aus dem Kopf. Ich möchte dich gerne kennenlernen. Wie wäre es mal mit einem Drink in der Cafeteria?«

Den Zettel binde ich an das Band und lasse die Botschaft langsam aus dem Orthopädie-Aufenthaltszimmer ab. Als er mittig vor dem Fenster darunter baumelt, binde ich das Band am Fenstergriff fest und mache mich aus dem Staub. Ich bin so gespannt, wie lange es dauert, bis die beiden Mädels die Nachricht gelesen haben, und wer wohl wem zuerst die Augen auskratzt, weil sie sich nicht einigen können, wer gemeint ist.

Ich muss nicht lange vor dem Zimmer rumschlendern. Schon nach ein paar Minuten höre ich ein Gezeter und Geschrei. Sophie kann sich stimmlich durchsetzen.

»Hast du dich in den letzten Wochen mal im Spiegel angeguckt? Oder bist du schon erblindet?«, höre ich sie keifen.

Meike hält dagegen.

»Süße, du glaubst nicht wirklich, dass sich irgendein Typ freiwillig in deine Nähe begibt, oder? Ich glaube, sogar der Boll bekommt extra Schmerzensgeld, um dich zu behandeln.«

Ich höre was knallen. Offenbar hat Sophie irgendwas nach Meike geworfen. Meike stampft wütend aus dem Zimmer. Ich fliehe zu Helene. Sie tippt etwas in ein kleines Notebook.

»Schreibst du deine Memoiren?«

Es sollte eigentlich witzig klingen. Tut es aber nicht.

»So was Ähnliches.«

Ich wechsele schnell das Thema und erzähle von meiner geheimnisvollen Anmache.

»Dann sind die beiden wenigstens mal abgelenkt von der Scheißkrankheit. Am Ende tust du ihnen damit noch einen Gefallen«, ist ihre Meinung.

So habe ich das noch gar nicht gesehen. Dann kann ich ja auch weitermachen. Ich rufe meine Mutter an.

»Kannst du mir das nächste Mal wohl ein Foto von Thomas mitbringen?«

»Wofür brauchst du das denn?«

Sie ist natürlich total irritiert, aber ich habe mir schon was zurechtgelegt.

»Wir machen hier so eine Collage zum Thema Mann, und ich finde, dass Thomas mit seinem Bart da total gut reinpasst.«

Ich musste echt nicht lange überlegen, wen ich Sophie und Meike wohl als absoluten Anti-Typen präsentieren kann. Thomas ist der perfekte Un-Mann für jedes Mädchen. Er ist der Typ Erdkundelehrer und Freizeit-Sozialarbeiter. Er trägt karierte Hemden, als sei er ein kanadischer Holzfäller. Seine Hosen – manche echt aus Cord – sind immer so ausgebeult am Arsch, dass man denken könnte, er habe gerade ein Ei gelegt. Der Vollbart sieht aus, als müsse er schlimme Akne-Narben überdecken. Ich kann mir keinen anderen Grund denken, warum man sich sonst so viele Haare im Gesicht wachsen lässt. Ich habe keinen Schimmer, was meine Mutter an dem findet. Sie sieht ganz gut aus und hätte bestimmt auch was anderes haben können. Aber entweder der gute Thomas hat ihre eine Gehirnwäsche verpasst, oder er kann besondere Kunstgriffe, über die ich gar nicht länger nachdenken will. Natürlich verspricht meine Mutter mir sofort, noch heute Abend ein Foto von ihrem Liebsten mitzubringen. Sie klingt richtig erfreut, weil sie wohl hofft, dass ich Thomas endlich zum »inneren Zirkel« zähle. Wenn die wüsste. Ich gucke noch mal bei Helene rein. Sie tippt schon wieder.

»Im Ernst. Was schreibst du da?«

»Meine Memoiren, habe ich doch gesagt.«

»Für wen?«

»Für mich. Nur für mich. Ich habe das Gefühl, dass ich immer mehr vergesse. Dass jeden Tag mehr Erinnerungen verloren gehen, als dazukommen. Das Morphium löscht so viel in meinem Kopf. Das macht mich ganz wahnsinnig.«

»Ich wäre ja eher froh, wenn ich Erinnerungen vergessen könnte.«

»Weil sie so peinlich sind oder weil sie so wehtun?«

»Sie tun weh«, gebe ich leise zu.

»Vielleicht kannst du sie ja mit neuen Erinnerungen überschreiben«, schlägt Helene vor.

Sie weiß es also nicht. Es hat sich noch nicht rumgesprochen, dass meine Tage gezählt sind. Dass die Uhr tickt. Ich werde so viele Erinnerungen nicht erneuern können. Und wenn – wofür? Damit ich glücklicher sterbe?

»Ich möchte nichts überschreiben. Ich möchte noch nicht mal was schreiben. Ich hätte Schiss, dass meine Eltern das irgendwann lesen. Das wäre echt doof.«

»Wenn meine Eltern lesen sollten, was ich hier tippe, sind die reif für eine Therapie. Die würden das nicht raffen. Wenn wir abends telefonieren, höre ich doch in jedem Ton ihre Angst. Da kann ich ihnen nicht noch mehr zumuten.«

»Aber du wirst das im Falle eines Falles wohl kaum verhindern können.«

»Klar. Meine Eltern mussten mir unterschreiben, dass sie die Festplatte hiervon zerstören, wenn ich das Notebook nicht mehr brauche. Nie mehr brauche.«

»Meinst du die halten sich daran?«

»Sie haben es mir versprochen. Das müssen sie. Wenn ich mich jetzt bei jedem Wort fragen müsste, was meine Eltern wohl davon halten oder ob sie es missverstehen könnten, würde ich ja noch wahnsinniger.«

»Aber das wäre doch für sie die Gelegenheit, zu erfahren, was du genau gefühlt hast. Was du gedacht hast. Diese Chance können sie doch nicht wegschmeißen. Das werden sie nicht tun. Nie im Leben.«

»Nee, aber im Tod«, grinst Helene.

Sie guckt wieder ernst.

»So haben meine Eltern ja auch reagiert. Die haben nicht freudestrahlend zugestimmt. Aber ich möchte verdammt noch mal respektiert werden. Das ist eine der wenigen Entscheidungen, die ich noch treffen kann. Ich kann doch schon so vieles nicht mehr selber entscheiden. Nicht mal mehr meine Frisur. Ich kann auch nicht entscheiden, was ich essen möchte. Ich muss nehmen, was mir hier serviert wird. Ich kann nicht entscheiden, welchen Kinofilm ich sehen möchte, weil ich überhaupt nicht mehr ins Kino kann. Ich kann nicht entscheiden, welchen Leistungskurs ich jetzt wählen soll, weil die Schule neuerdings ohne mich stattfindet, oder ob ich am Schüleraustausch nach Frankreich teilnehmen möchte. Es gibt einen riesigen Berg von Entscheidungen, die plötzlich vom Krebs getroffen werden. Da kann ich ja wohl entscheiden, was mit meinen Gedanken und Gefühlen mal passieren soll.«

Sie ist echt ein bisschen außer Atem nach ihrer Ansage.

»Immerhin konntest du entscheiden, ob du mit mir aufs Ärzte-Konzert gehst«, versuche ich grinsend.

»Na ja, wirklich entscheiden konnte ich das wohl auch nicht. Stell dir vor, ich hätte Nein gesagt, das hätte dich doch in der Genesung total zurückgeworfen. Das kann ich doch nicht verantworten«, lächelt sie.

Ich versuche auch zu lächeln. Genesung. Heilung. Besserung. Diese Worte habe ich im Zusammenhang mit mir schon lange nicht mehr gehört. Werde ich wohl auch nicht mehr.

Schwester Ulla fehlt so sehr. Der Abend zieht sich wie Tapetenkleister. Die Dunkelheit kriecht ins Zimmer und in mir hoch. Die Angst breitet sich genüsslich aus. Ich versuche mir vorzustellen, ich würde auf der Station über mir liegen. Ich wäre ein total guter Fußballer und hätte mir einen Muskelfaserriss oder so was geholt und müsste mich jetzt hier behandeln lassen. Ich hätte schon Muskelkater in der Hand vom Autogrammeschreiben. Wenn ich im Aufenthaltsraum säße, würde ich in der neuen Sport-Bild ein Interview mit mir lesen. Und die Spekulationen über meinen Wechsel nach Italien. In die Bilder schiebt sich der kurze Gedanke von heute Nachmittag. An die Beerdigungsinstitute. Am nächsten Tag schreibe ich erst mal Laura. Sicher ist sicher.

Tag 18

Hallo Laura,
ich habe beschlossen, doch aufzuschreiben, wie meine Beerdigung aussehen soll. Bevor das Ganze eine einzige Katastrophe wird, kümmere ich mich lieber selbst drum. Leider bist du nun die Auserwählte, der ich meine Wünsche schicke. Mum würde das wirklich nicht verkraften, das ist mir in den letzten Tagen immer klarer geworden. Und wenn ich Dad einen Brief geben würde, wäre Mum total gekränkt. Aber darauf zu hoffen, dass meine Notizen rechtzeitig gefunden werden, bevor es zu spät ist, ist mir zu riskant. Also musst du in den sauren Apfel beißen und dir anhören bzw. lesen, was an besagtem Tag passieren soll:
Zunächst einmal hab ich beschlossen, dass ich verbrannt werden will. Falls es so etwas wie den Himmel nicht gibt, können die Würmer dann höchstens meine Asche bekommen – aber zu meiner Grabstätte später mehr.
Falls es den lieben Gott mit Himmel und so weiter aber doch gibt, wäre der sicher froh über einen ordentlichen Gottesdienst. Da ich mir nicht ganz sicher bin, ob ich immer lieb und brav genug war, möchte ich ihn nicht noch mehr verstimmen. Also: Einen Gottesdienst sollte es schon geben. Aber du musst dem Pfarrer ganz genau erzählen, wie ich war und was mich ausgemacht hat, damit der keinen Mist erzählt. Vielleicht möchtest du den Part ja auch selbst übernehmen, das muss aber nicht sein. Könnte ich mir auf deiner Beerdigung auch schwer vorstellen und zu viel möchte ich von dir auch nicht verlangen. In der Kirche könnt ihr ruhig ein paar Kirchenlieder singen. Damit kenn ich mich nicht so gut aus, vielleicht kann

Mum welche aussuchen, die nicht ganz so schlimm und sentimental sind.
Aber bei der Feuerbestattung soll dann meine Musik gespielt werden. Irgendwelche von meinen MP3s, was auch immer ihr für passend haltet. Ich konnte mich nicht entscheiden. Kannst du ein paar Stücke raussuchen?
Außerdem möchte ich, dass nicht nur die üblichen Verdächtigen von zu Hause eingeladen werden. Es sollen auch Leute von der Station kommen, denn hier hab ich so viel Zeit in den letzten Jahren verbracht: Helene (falls ich vor ihr abdanke), Schwester Ulla, vielleicht auch Anni und der Franzten und Dr. Boll. Vielleicht möchten ja auch Meike und Sophie kommen, aber die hab ich wohl etwas zu viel genervt in letzter Zeit. Und Merlin. Na ja, am besten ladet ihr die Station ganz unverbindlich ein, dann muss keiner kommen, der nicht will, aber vielleicht will ja doch jemand ...
Und zum Kaffee sollte es nicht nur diesen trockenen Beerdigungskuchen geben. Ist schließlich meine letzte Party (irgendwie auch meine erste, von den paar Kindergeburtstagen mal abgesehen). Ob die wohl ein paar leckere Schokotorten machen könnten?
Ist auch völlig in Ordnung, wenn nach dem Kaffee noch das ein oder andere Bierchen auf mich getrunken wird, auch wenn ich leider nicht mehr live dabei bin.
Aber ich bin dann ja schon mit Kurt Cobain unterwegs.
Wie dem auch sei, macht bitte ein anständiges Fest aus dem Tag und nicht nur eine Trauerveranstaltung. Klar dürft ihr auch die eine oder andere Träne fließen lassen, aber ihr sollt Spaß miteinander haben und an die schönen Zeiten denken, die wir zusammen hatten.

Ach ja, mein Grab, das ist eine schwere Kiste ...;-) Erst hab ich gedacht, die Asche sollte bei Mum oder Dad im Wohnzimmer stehen, wie in den Ami-Filmen manchmal. Aber dann ist mir klar geworden, dass es ja dasselbe Problem gäbe wie jetzt. Zu wem? Mum oder Dad? Geht also nicht. Ins Meer gestreut zu werden fände ich auch gut, aber Mum hat dann gar keinen Anlaufpunkt, wenn sie bei mir sein will (außer meinen Baum im Park, aber vielleicht reicht ihr das nicht). Also doch so ein Urnengrab auf dem Friedhof ... Wird wohl das Beste sein.
DANKE! Nils

Ich klappe den Laptop zu und versuche, die Gedanken aus meinem Kopf zu vertreiben. Schnell schnappe ich mir das Foto von Thomas, das meine Mum gestern Abend noch vorbeigebracht hat, und schreibe hinten drauf: »Ich habe auf dich gewartet. Drei Kaffee lang. Wo warst du?« Als alle anderen mit unserer Haus- und Hof-Animateurin Anni wieder irgendwas Stimmungserhellendes machen, schiebe ich das Foto unter der Tür durch ins Zimmer von Meike und Sophie.

Der nächste Akt ihrer Auseinandersetzung ist einfach köstlich, als sie von der Belustigungsstunde zurückkommen. Beide schreien sich gegenseitig an, dass ja wohl nur die andere gemeint sein könne.

»So eine Altfelge würde es niemals wagen, mich um ein Date zu bitten«, behauptet Sophie.

»Wieso? Du hast doch genau so eine erotische Ausstrahlung wie dieses zugewachsene Wildschwein. Ihr wärt ein Superpaar«, behauptet Meike. Leider streiten sie dann hinter verschlossener Tür weiter. Ich überlege, ob ich Mum bitten soll, dass Thomas mich auch mal besucht. Sophie und Meike würden Amok laufen, wenn er leibhaftig hier auftaucht. Natürlich ist das nicht ganz nett. Aber, meine Fresse, die Möglichkeiten, für ein bisschen Unterhaltung zu sorgen, sind hier echt begrenzt. Ich statte Helene meinen Vormittagsbesuch ab. Sie sitzt im Schneidersitz auf ihrem Bett und guckt mich durch einen wässrigen Schleier an. Sie hält mir ihre Ohrstöpsel hin.

»Willst du mal hören?«

Große Lust habe ich nicht. Ihre Musik scheint nicht gerade gute Laune zu verbreiten. Ich nehme die Stöpsel trotzdem.

Schon die ersten Worte ziehen mir den PVC-Boden unter den Füßen weg.

»Wenn ich tot bin, schaue ich aus den Wolken auf dich hinab.

Wenn ich tot bin, lös ich jeden Abend deinen Schutzengel ab.«

Ich reiße mir die Stöpsel raus.

»Warum hörst du so einen sentimentalen Mist?«

»Weil ich es schön finde. Weil mir die ganzen Lieder mit Liebe, Sonnenschein und so 'nem Kack nichts bringen. Hierbei geht es um mich.«

»Und wer lässt sich so einen Endzeitpop einfallen? Wer verbricht solche Sakralschnulzen?«

»Ich und ich«, sagt Helene leicht beleidigt.

Ich und ich. Lustig. Das passt auf uns zwei. Wir sind nicht ich und du, kein Paar. Wir sind jeder ich, haben nur die Distanz ein bisschen verkleinert. Wir nähern uns, ohne dass wir uns zu nahe kommen. Oh Gott, was denke ich für ein kitschiges Zeug. Ich bin mir selber peinlich.

»Gib noch mal.«

Sie lässt das Lied von vorne spielen.

Ich würde gerne von den Wolken auf Helene runtergucken. Wäre gerne ihr Schutzengel.

»Mein Leben fließt durch die Nacht wie der Regen.«

Das stimmt. Das Leben läuft, läuft, rinnt weiter. Mein Leben verlängern zu wollen, hieße, alle Löcher im Himmel zu stopfen, damit nie wieder ein Tropfen rausfällt. Genauso unmöglich, als wollte ich irgendwo eine Sanduhr mit Stopptaste kaufen.

»Wenn ich tot bin, tut's mir leid, dass ich nicht bei dir blieb.«

Ich gucke Helene an, deren Blick sich in den Bäumen draußen verfangen hat. Wenn mir nach dem Tod noch was leidtun kann, wird das wohl stimmen. Ich würde gerne bei Helene bleiben. In ihrer Nähe, irgendwie. Nie werde ich ihr das sagen können, weil es so missverständlich klingen kann.

»Ich muss mal wieder.«

Meine Stimme klingt brüsk. Rauer, als sie sollte.

Dabei weiß ich gar nicht, was ich muss. Außer sterben.

Am Abend wird es plötzlich laut auf dem Flur. Ich kenne schon die normalen Geräusche hier. So wie ich früher die normalen Geräusche zu Hause kannte. Die Schritte von Mama. Das Klirren der Kühlschranktür. Das Klappen der Wohnungstür. Das Klimpern der Metallbügel an der Garderobe. Jetzt ist hier mein akustisches Zuhause. Das Türenschlagen, der gedämpfte Streit gehören nicht zum normalen Programm. Natürlich würde ich am liebsten sofort die Tür öffnen, mal gucken, was los ist. Aber dann wäre ich wie die Oma, die den ganzen Tag am Fenster hängt und den Nachbarn in die Wohnung glotzt. Ich lasse ein paar Anstandsminuten verstreichen, schlendere dann ins braune Zimmer. Nach fünf Minuten weiß ich ganz detailliert, was passiert ist. Merlin hatte »Damenbesuch«. War aber wohl nicht wirklich eine Dame. Eher ein heißes Gestell. Und eben nicht nur auf dem Zimmer, sondern im Bett.

»Eine Fremde«, regt Sophie sich auf.

»Natürlich eine Fremde. Soll er sich etwa hier ein Modell aussuchen? Der hat nur Krebs, der ist ja nicht blind, oder?«, frage ich sie entgeistert.

Die Vorstellung ist ja wohl völlig pervers.

»Vielleicht war es auch einfach eine gute Freundin, die ihn irgendwie trösten wollte«, versuche ich weiter.

Ein anderer Typ grinst.

»Dann kann die mich auch mal trösten kommen. Aus lauter Mitleid für den armen Merlin hatte sie sich nämlich bis aufs Höschen ausgezogen.«

Ich bin baff. Merlin traut sich echt was. Ich frage mich, was er wohl noch anhatte, und stelle mir vor, wie er sogar seine Prothese abgelegt hat. Wie er mit dem Stumpf und dem Mädchen unter einer Bettdecke lag. Ich schäme mich für meine dünnen Arme und der Typ geniert sich noch nicht mal für seine Exgliedmaßen. Ich gehe zurück in mein Zimmer. Im Bett versuche ich mir vorzustellen, ein Mädchen wäre hier bei mir. Ganz angestrengt versuche ich, mir die nackte Haut, die langen Haare auf meinem Körper vorzustellen. Es gelingt mir nicht. Es passiert auch nichts. Da nehme ich mir lieber den Laptop und schreib mir ein paar Gedanken aus dem Kopf.

Tag 18 (abends)

Hey Laura,
Ulla hat immer noch frei, und so werden die Nächte auch weiterhin länger. Die komischen Gedanken, in welcher Form auch immer, kommen und gehen meist nicht wieder.
Tut gut, dich daran teilhaben zu lassen.
Eine Kollegin von Anni, keine Ahnung, wie die heißt, hatte jetzt auch mal »eine gute Idee«. Ist schon irre, wie viele gute Ideen fremde Leute für einen haben, wenn man nicht mehr viel Zeit hat. Es gibt sogenannte Jugendrehas. Dahin können Jugendliche zur Kur fahren und ihre Eltern zu Hause lassen. Sie fragt, ob das nicht was für mich wäre und ob sie das mit meinen Eltern besprechen soll. Da könnte ich mit Gleichaltrigen zusammen sein, es gäb dort viele gute Angebote usw. Die hatte vorher versucht, eine WG für mich zu finden. War natürlich Fehlanzeige. Wer holt sich schon jemanden in die Wohnung, der vielleicht schon wieder weg ist, ehe er mit dem Putzen dran ist.
Diese Reha ist aber auch nur ein billiger Einfall, um mich hier rauszukriegen und das Problem »Zu Mum oder Dad?« auf später zu verschieben.

Ich will ja gar nicht woanders hin. Nicht schon wieder neue Leute, die ich erst kennenlernen muss. Und wofür? Um mich danach wieder für immer von ihnen zu verabschieden?
Auf die alten Leute ist nur leider auch kein Verlass mehr. Jetzt, wo das Wetter besser wird, lassen sich Alex und Jan auch nicht mehr blicken. Die waren echt schon lange nicht mehr hier. Wieso auch? Ich kann ihnen ja nicht mehr viel bieten. Hängen jetzt lieber mit anderen Leuten rum als mit mir, von dem sie dauernd mit der bitteren Seite des Lebens konfrontiert werden.
SCHEISSE!!!
Nils

Am Morgen kommen endlich die Typen von »Dein Wunsch« mit den Tickets. Ich hatte schon ein bisschen Schiss gehabt, dass da noch was schiefgehen könnte. Es steht jetzt fest, dass ich mit Helene, Sophie und Meike zum Ärzte-Konzert gehe.

»Mit drei Mädels zu dem Gig? Mensch Alter, du hast es gut«, grinst einer der Typen. Was ich ein bisschen blöd finde: Wir werden mit einer Horde von Rollstuhlfahrern vorne rechts in einer Ecke eingepfercht. Ich würde ja lieber ganz normal irgendwo sitzen, aber das geht nicht. Alleine schon wegen Helene, die auch auf den Rolli angewiesen ist. Die Typen von »Mein Wunsch« haben es sogar arrangiert, dass wir nach dem Konzert die Band noch kurz hinter der Bühne treffen. Ich merke, dass ich da gar keinen Bock mehr drauf habe. Wir werden wie eine Abordnung der Todgeweihten an den Musikern vorbeiziehen. Die werden vielleicht krampfhaft versuchen, irgendwie normal zu sein.

Aber ich weiß nicht, wie normal so Musiker sind, also wird es für mich auf jeden Fall falsch wirken.

»Ich habe gar keinen Bock auf die Band«, sage ich laut.

»Du spinnst wohl. Wir wollen auf jeden Fall ein Autogramm«, giftet Sophie.

»Dann holt ihr euch euer Scheißautogramm, und Helene und ich gehen in der Zeit noch ein Bier trinken«, bestimme ich.

Das ist es, was ich will. Nach dem Gig noch völlig verschwitzt im Foyer ein Flaschenbier trinken. Und ich möchte, dass Helene dafür ihren Kackrolli in der Ecke stehen lässt. Sie soll nah neben mir stehen und auch Flaschenbier trinken. So! Das ist ja wohl nicht zu viel verlangt.

Helene schläft.

Ich setze mich einfach auf den Stuhl vor ihrem Bett und warte, bis sie wach wird.

»Lass sie bitte schlafen. Sie hatte ziemliche Schmerzen heute Morgen. Wir mussten ihr was spritzen«, sagt eine Schwester, die vorsichtig nach ihr guckt.

Ich nicke nur. Irgendwann schnappe ich mir einen Stift und einen Zettel und schreibe ihr was auf:

Der Himmel ist blau und der Rest deines Lebens liegt vor dir
Vielleicht wär es schlau, dich ein letztes Mal umzuseh'n
Du weißt nicht genau, warum – aber irgendwie packt dich die Neugier

Der Himmel ist blau, und der Rest deines Lebens wird schön

Du hast ein gutes Gefühl, du denkst an all die schönen Zeiten
Es ist fast zu viel, jetzt im Moment neben dir zu steh'n
Du hast kein klares Ziel, aber Millionen Möglichkeiten
Ein gutes Gefühl – und du weißt, es wird gut für dich ausgeh'n
Der Himmel ist blau

Die Welt gehört dir: Was wirst du mit ihr machen?
Verrat es mir – spürst du, wie die Zeit verrinnt?
Jetzt stehst du hier und du hörst nicht auf zu lachen
Die Welt gehört dir – und der Rest deines Lebens beginnt

Das ist einer der Gründe, warum ich mich so sehr auf den Gig freue. Dieser Song von den Ärzten hat mir schon immer fast die Füße weggezogen, als ich noch dachte, ich würde leben. Weiterleben. Jetzt geht er mir direkt ins Herz. Was mich nur irritiert, ist dieser eine Satz: Du hast kein klares Ziel, aber Millionen Möglichkeiten. Habe ich die auch? Wieso sehe ich die nicht? Welche Möglichkeiten könnten das sein? Bin ich so blind? So stumpf? Vergebe ich hier gerade die letzte Chance für ein Abenteuer? Ich denke an einen Film, den ich vor ein paar Jahren mal gesehen habe. Als ein Typ erfährt, dass er bald stirbt, will er unbedingt ans Meer. Als er endlich im Sand sitzt, hört der Film auf. Das ist stimmig. Vielleicht hört mein Leben aber nicht an so dramatisch passenden Stellen auf. Dann sitze ich in der Dämmerung am Meer, mir wird kalt, ich werde Hunger haben. Ich werde pissen müssen. Wahrscheinlich fängt es an zu nieseln. Es gibt keinen tollen Abspann. Muss ich das haben? Oder bin ich jetzt einfach nur zu bequem? Ich schiebe die Gedanken weg. Schließlich war ich ja auch schon mal am Meer.

Meine Mutter hat ihre berühmte Falte zwischen den Augenbrauen, als ich von dem Konzert erzähle. Sie will alles genau wissen. Wie wir dahin kommen. Wer da auf uns aufpasst. Wo wir genau stehen. Ich versuche ihr ganz sachlich zu antworten. Irgendwann kann ich nicht mehr.

»Kannst du dich nicht einfach für mich freuen? Kannst du nicht einfach nur sagen: Geil, Nils, das wird bestimmt der Hammer! Das ist vielleicht der letzte Höhepunkt in meinem beschissenen Leben!«

Sie schluckt. Einmal. Zweimal.

»Ich habe einfach Angst um dich.«

»Mama, es gibt nichts, rein gar nichts, was mir noch Schlimmes passieren könnte. Das Schlimmste steht direkt vor der Tür.«

»Versprich mir einfach nur, dass du auf dich aufpasst.«

»WARUM?«

Ich gehe. Gehe direkt zu Helene. Erzähle ihr alles. Es ist mir egal, dass sie schon wieder pennt. Vielleicht besser so. Soll sie sich richtig ausschlafen, damit sie morgen Abend fit ist.

»Der Himmel ist blau.«

Das ist das Erste, was Helene im Bus sagt. Wir sind seit 20 Minuten unterwegs, und sie hat bislang keinen Ton von sich gegeben, nur rausgestarrt. Ich gucke auch raus. Sie hat recht.

»Die Welt gehört dir und der Rest deines Lebens beginnt«, zitiere ich. Sie drückt meine Hand und hinterlässt einen feinen feuchten Film. Die Worte schmecken gut in meinem Mund. Der Rest des Lebens beginnt. Jede Sekunde neu. Heute Abend werde ich keinen Gedanken an das Danach verschwenden. Jetzt zählt. Nach den ersten Songs schaffe ich es, das Absperrgitter zwischen uns und der wogenden Menge zu ignorieren. Auch die Sanitäter, die neben uns stehen. Ich lasse mich einfach in das Gefühl fallen. Die Bässe hämmern in meinem Bauch, die Gitarrenriffs gehen wie Stromstöße durch meinen Kopf. Nach dem vierten oder fünften Song bin ich schon heiser. Ich hieve Helene aus ihrem Kackrolli und schiebe sie zu dem Gitter. Vorne kann sie sich daran festhalten. Von hinten stütze ich sie. Jetzt habe ich zwar andauernd ihr buntes Kopftuch vor den Augen, aber das ist mir egal.

Bei »Vorbei ist Vorbei« spüre ich richtig, wie ein Zittern durch sie geht. Leise singe ich mit:

»Du hast nur dies eine Leben

Wenn’s vorbei ist, ist’s vorbei

Nimm’s nicht so schwer – denn das Wichtigste ist doch:

Du hattest eine schöne Zeit – eine herrliche Zeit«

Aus den Augenwinkeln sehe ich Sophie und Meike. Sie halten sich an den Händen. Beim letzten »Wenn’s vorbei ist, ist’s vorbei« grölt auch Helene mit. Ich bin glücklich. Ganz kurz, aber ganz tief. Bela B. trommelt mit meinem Herzen um die Wette. Jedes Mal, wenn er auf die Hi-Hat haut, durchzuckt es mich. Das ist jetzt Leben. Jede Zelle in mir ist randvoll. Durch meine Adern fließt der Sound. Der Krebs hat jetzt mal Pause. Nach drei Zugaben gehen Farin, Bela und Rodrigo klatschnass von der Bühne. Sophie und Meike streben zum Backstage-Eingang, ich schiebe Helene ins Foyer. Sie sieht fertig aus, aber sie kämpft sich tapfer auf einen Barhocker. Ich hole uns ein Pils und ein Malzbier. Wir hauen die Flaschenböden gegeneinander, grinsen uns an. Ich habe keine Angst in diesem Moment. Ich möchte ihn so gerne festhalten. Ihn aussaugen. Ihn anhalten.

Nach einem geilen Konzert mit einem hübschen Mädchen völlig verschwitzt noch ein Bier trinken – geht’s noch besser?

In unserem Bus herrscht eine magische Stille. Sogar Sophie und Meike sind ganz ruhig, als wir durch die Dunkelheit Richtung Krankenhaus fahren. Am liebsten würde ich dem Fahrer sagen: »Fahr auf die Autobahn nach Süden und dann immer weiter.«

Bei Sonnenaufgang könnten wir vielleicht schon die

Berge sehen. Helene wäre mit dem Kopf auf meiner Schulter eingeschlafen. Sie wäre ganz weich und warm und jedes harte Zittern, jedes ängstliche Klappern wäre weg. Wir würden uns auf einen Grünstreifen an einer Autobahnraststätte legen, auf die noch kein Hund gekackt hätte, und Kaffee trinken. Richtigen Kaffee. Nicht dieses Wasser mit Koffeingeschmack, das aus den riesigen Krankenhauspumpkannen kommt. Und wir würden uns ein Baguette kaufen und ein fettes Stück Salami. Ich kann nämlich kein Graubrot mehr sehen. Alleine der Name schlägt einem doch schon auf den Magen. Graubrot. Wonach soll das wohl schmecken?

»Der Himmel ist immer noch blau«, sagt Helene leise. »Hinter dem Schwarz ist das Blau.«

»Und der Rest deines Lebens ist schön«, sage ich als Antwort. Ich frage mich, wie viel ein Rest sein darf. Rest – das klingt immer so wenig. Eigentlich stimmt das doch nicht. Der Rest – das ist doch immer das, was noch kommt. Beginnt nicht für alle an jedem Tag der Rest des Lebens? Ich werde sterben. Du wirst sterben. Er, sie, es wird sterben. Ein bisschen tot sind wir doch alle schon. Der Tod ist doch in uns, von der ersten Sekunde an. Ich habe mich nur vorgedrängelt, halte die Reihenfolge nicht ein. Erst die Eltern, dann die Kinder. So müsste es sein. Wäre es mir lieber, Mum müsste sterben? Mir wird ein bisschen schlecht. Natürlich nicht. Oma? Na ja. Das wäre schon okay, irgendwie. Ich frage mich, ob das gemein von mir ist. Oder egoistisch? Wenn meine Mutter allerdings 95 wird, und ich würde mit 70 sterben, würde sie dann auch so um ihr Kind weinen?

Ab wann darf man sterben? Ab wann ist es normal? Vor ein paar Jahren ist ein Kollege meines Vaters verunglückt. Mit 47 Jahren. Meine Eltern waren völlig fertig. Das sei doch noch kein Alter und so. Ich fand 47 nicht mehr so jung. Da hat man ja zumindest mehr als die Hälfte schon hinter sich. Wahrscheinlich. Oder: im besten Fall. Ist es wohl schön, 97 Jahre zu werden und die letzten zehn Jahre sabbernd und dement in einem Bett zu liegen? Alle paar Stunden kommt jemand, der einen umdreht, damit man nicht wund liegt. Das Essen gibt es über einen Schlauch. Man hat schon ewig nichts mehr wirklich geschmeckt. Und es ist jedes Mal aufs Neue peinlich, wenn ein Fremder kommt, um den Popo abzuputzen. Vielleicht nimmt der es mit dem Abwischen auch nicht so genau und es juckt die ganze Zeit. Vielleicht gibt es keinen richtigen Zeitpunkt, um zu gehen. Ich muss zu früh gehen. Das ist klar. Aber ist es schön, irgendwann zu merken: Am besten wäre ich vor sieben Jahren gestorben, danach kam nur noch Mist?

Als ich im Bett liege, werde ich ganz schwer. Die Gedanken, die durch meine Gehirnwindungen huschen, werden es auch. Was für ein Schwachsinn. Kaffee, Baguette und Salami und Helenes Kopf auf meiner Schulter. So ein Kack. Und was würde ich für Helene gegen die Schmerzen holen? Soweit ich weiß, gibt es an Autobahntankstellen noch keine Morphinampullen. Was für ein wirres Zeug: Alt sterben ist auch für'n Arsch. Mir doch egal. Ich soll jung sterben und da habe ich keinen Bock drauf.

Tag 20

Hi Schwesterchen,
ich kann nicht schlafen. Liege im Bett und kann nicht aufhören zu denken, krieg die Bilder nicht aus dem Kopf. Nein – es ist nichts Schlimmes passiert, überhaupt nicht!
War das der schönste Tag meines Lebens?
Komme gerade vom Ärzte-Gig wieder. Das heißt, gerade ist wohl etwas übertrieben, ist nun auch schon über vier Stunden her. Es ist wohl mittlerweile fast morgen und nicht mehr heute. In meinen Ohren tönt immer noch der Bass von Rodrigo. Es ist wie ein dumpfes Pochen, das nicht aufhören will. Aber who cares? Es fühlt sich gut an – lebendig. In mir höre ich immer noch die Menge grölen und singen. Ich spüre Helenes Haut an meiner, rieche sie – wie sie an mir lehnt, genauso verschwitzt wie ich ...»eine schöne Zeit – eine herrliche Zeit« ... So könnte es weitergehen, für immer ... »der Rest deines Lebens liegt vor dir« ... »der Rest deines Lebens wird schön« ... »der Rest deines Lebens beginnt«... Der Rest deines Lebens wird schön? Das muss mein Leitspruch werden. Die Zeit kommt nie wieder. Der beschissene Krebs kann mir meine Zukunft stehlen, aber nicht meine Gegenwart.

Tag 21

Ich muss gestern bei den letzten Zeilen eingeschlafen sein. Als ich heute Morgen aufwachte, war es fast Mittag. Die Schwestern haben mich schlafen lassen. Mein Laptop stand aufgeklappt auf meinem Nachttisch, er hat sich selbst runtergefahren und jemand muss ihn aus meinem Bett dorthin gestellt haben. Hoffentlich hat dieser jemand nicht Mäuschen gespielt und heimlich drin gelesen ...

Aber da war noch was: Helene lag neben mir und schlief, sie hatte sich zu mir gelegt, sich an mich gekuschelt. Mit ihrem kleinen Po an meinen. Ich lag einfach still da und wagte nicht, mich zu bewegen. Sie sollte weiterschlafen, Kraft tanken. Hier bei mir, sodass ich sie wieder riechen konnte.

Als sie aufwachte, schaute sie mich grinsend an und meinte: »Na, du Schlafmütze?« Wer ist denn hier wohl die Schlafmütze! Sie wäre vorbeigekommen, um sich bei mir für den geilen Tag zu bedanken. Sie hätte sich so gut gefühlt wie lange nicht mehr. (Ich weiß so gut, was sie meint.) Da ich aber einfach nicht wach wurde und sie nicht länger sitzen konnte, hätte sie sich einfach in mein Bett gehievt und sei wohl eingeschlafen. Ob es o. k. sei.

O. k.? Was heißt hier o. k.? Wenn es nach mir ginge, sollte sie nie wieder aus meinen Armen verschwinden. Aber das hab ich ihr natürlich nicht gesagt. Ich grinste nur zurück und sagte, wär' schon in Ordnung. Bei uns beiden dünnen Heringen würde ja ein Bett für zwei locker reichen. Sie hatte mich nur kurz angesehen, dann einfach wieder die Augen zugemacht. Sich ein paar Millimeter näher an mich rangeschoben und war einfach wieder eingeschlafen.

Geht es jetzt so weiter? Bleibt das Leben so schön ... bis es halt nicht mehr ist?

Große Schwester, jetzt wünschte ich, du wärst hier! Könntest mir den einen oder anderen Tipp geben. Es soll nicht aufhören, was hier gerade zu beginnen scheint. Du bist doch auch ein Mädchen. Was soll ich tun? Wie macht man das am besten?

Ich möchte sie weiter halten, mit ihr lachen, sie riechen. Will ich auch mit ihr weinen?
Vorsicht! Nils wird schmalzig und sollte an dieser Stelle lieber aufhören. Aber den ein oder anderen »Wie man Mädels um den Finger wickelt«-Tipp hätte ich schon gerne.
Dein Nils

Ich sehe Helene hinterher, die sich mühsam mit ihrem Rollstuhl aus dem Zimmer schiebt. Den Laptop habe ich schnell im Nachttisch verschwinden lassen. Sie rammt erst die Tür, dann den Rahmen, knallt sich dann die Tür vor das Metallrad. Ich könnte ihr jetzt Hilfe anbieten. Aber das würde alles noch schlimmer machen. Ich sehe ihr zu, wie sie scheppernd und schimpfend rausrollt. Im Nachttisch liegt immer noch das Schreibheft, das meine Ma mir dagelassen hat, falls ich mal was notieren will. Vielleicht sollte ich mal eine Liste machen mit Dingen, die ich unbedingt noch erledigen will. Eine Art To-do-Liste. Oder eher eine To-live-Liste.

Ich schreibe sofort los.

Ich will 17 werden.
Ich will 18 werden.
Ich will 19 werden.
Ich will 20 werden.

Ich schmeiße den Kugelschreiber an die Wand. Er hinterlässt noch nicht mal Spuren. Noch nicht mal eine winzige Macke. Ich lasse mich zurückfallen. Manchmal trifft mich das Gefühl völlig unvorbereitet. Rammt sich mir in den Magen, umklammert mich und bohrt sich mit spitzen Fingernägeln in meine Haut. Ich werde sterben. Manchmal fühlt es sich noch brutaler an als sonst. Manchmal ist jetzt.

»Du hast nur dies eine Leben

Wenn's vorbei ist, ist's vorbei

Nimm's nicht so schwer – denn das Wichtigste ist doch:

Du hattest eine schöne Zeit – eine herrliche Zeit« …

Die Ärzte haben doch keine Ahnung, wovon sie singen. Wie Blinde vom Sehen. Wie Gesunde vom Sterben. Oder ist es doch so einfach? Einfach jetzt Spaß haben und darauf kacken, was morgen ist? Warum habe ich dann Dinge wie Vektorrechnung oder Latein in der Schule gelernt? Das war in dem Moment selber schon überflüssig. Und es war doch da klar, dass einem das in der Zukunft überhaupt nicht weiterhelfen kann. Schwester Nicola kommt mit dem Essen rein. Sie hebt den Kuli auf.

»Hast du den verloren?«

»Nee, der ist mir weggelaufen, weil ich so einen Scheiß schreibe«, sage ich ernst.

Sie stutzt.

»Dann schreib doch mal was Schönes.«

Ein totaler Schwachsinns-Spruch. Eigentlich. Ich versuche es noch mal. Eine neue To-live-Liste.

Mama sagen, dass ich sie total lieb habe.

Papa sagen, dass ich ihn cool finde.

Helene sagen, dass ich sie gut finde.

Schon nach den ersten zwei Sätzen tropfe ich ein bisschen in meine Suppe. So wie mein Kopf glüht, wird die davon auch nicht kälter. Höchstens noch salziger. Ich spüle den dicken Kloß im Hals mit der Brühe runter und setze neu an.

Noch mal richtiges Bier trinken und mit Jan und Alex abhängen.
Merlin beim Wii-Autorennen schlagen. (Ich weiß, dass das albern ist, aber es muss ja auch Wünsche für zwischendurch geben.)
Sex haben.

Die ganze Zeit schon lungern die beiden Worte in meinem Kopf rum. Ich kann doch nicht sterben, ohne einmal richtig Sex gehabt zu haben, oder? Meine Fresse, ich bin 16. Da ist das doch wohl normal. Unter normalen Umständen würde ich mich vielleicht nicht so hetzen, aber in meinem Leben ist nichts mehr normal. Ich würde mir ja gerne Zeit lassen. Aber Zeit ist nun mal genau das, was ich nicht habe. Ich starre angestrengt aus dem Fenster. Konzentriere mich darauf, das Bild von Helene immer wieder zur Seite zu schieben. Sie hat nichts damit zu tun. Gar nichts. Ich will keinen Sex mit Helene. Allein der Gedanke daran ist mir peinlich. Für die Leute von »Dein Wunsch« soll ich auch noch einen kleinen Text über das Konzert schreiben. Vielleicht kann ich ja gleich noch meinen neuen Wunsch mit aufschreiben. Obwohl – wenn ich denen jetzt schreibe: »Der Gig war super, jetzt hätte ich gerne eine Frau zum Vögeln«, fühlen die sich wahrscheinlich auch verarscht. Ich glaube nicht, dass die einen Katalog mit Mädels dabeihaben, die eine gute Tat an Todkranken vollbringen wollen und das Höschen fallen lassen. Mühsam klettere ich aus dem Bett. Der Abend steckt mir noch in den Knochen. Und im Blut. Mein Körper fühlt sich müde an. Lebensmüde. Ich finde Merlin im braunen Zimmer. Ihn habe ich gesucht. Als ich mich neben ihn auf die Couch fallen lasse, komme ich mir vor wie ein Perverser.

Er haut mit auf die Schulter.

»Na, Alter. Mal wieder Bock auf ein Autorennen? Du kriegst auch Vorsprung.«

»Gute Idee. Falls du nicht wieder Besuch von deiner Freundin bekommst.«

»Alice? Nee, die ist auf Klassenfahrt. Willst du den Ferrari?«

Merlin humpelt sofort zum Fernseher, als hätte er hier nur auf ein Opfer gewartet.

»Von mir aus.«

Ich hatte es mir verdammt noch mal einfacher vorgestellt, ihn auf Frauen anzuquatschen. Ich hole tief Luft, fixiere Merlins Rücken.

»Da fühlst du dich bestimmt ganz schön einsam, wenn die süße Alice erst mal weg ist, was?«

Merlin dreht sich langsam um.

»Was soll das? Ob ich mich einsam fühle? Machst du jetzt hier auf Psychologe für Arme, oder was? Man hat auf dieser Scheißstation nicht fünf Minuten seine Ruhe. Wie soll ich mich da einsam fühlen, bitte schön? Und selbst wenn – was geht dich das an?«

»Ich dachte ja nur. Wenn meine Freundin auf Klassenfahrt wäre, fände ich das halt kacke.«

»Du hast doch überhaupt keine Freundin.«

»Danke, dass du mich daran erinnerst.«

Ich würde am liebsten einfach rausgehen. Das wird mir hier zu doof. Ich habe auch gar keine Lust, Autos im Kreis fahren zu lassen. Überrascht sehe ich, dass Merlin fett grinst.

»Daher weht der Wind. Du bist scharf auf Alice.«

»Quatsch, die ist mir viel zu ...«

Ich breche den Satz ab. Merke, egal, was ich jetzt sage, das wird nicht ankommen. Ehrlich gesagt, wollte ich mopsig sagen. Ganz im Ernst: Merlins Freundin schwabbelt. Ich kenne sie noch von seinem letzten Aufenthalt hier. Da war sie schon dick. Als sie jetzt wieder hier auftauchte, hatte sie echt noch ein paar Pfund zugelegt.

»Viel zu was?«, hakt er nach. Würde ich an seiner Stelle auch.

»Zu jung«, sage ich schnell und finde, dass ich mich ganz gut aus der Affäre gezogen habe.

»Du findest sie zu fett, oder?«

Merlin gibt keine Ruhe.

»Findest du die dick? Weiß nicht. So genau habe ich sie mir noch nicht angeguckt«, lüge ich.

»Ich finde sie nicht dick. Ich finde sie fleischig. Und genau das finde ich geil. Die hat Körbchengröße C. Weißt du, was das heißt? Da hast du alle Hände voll zu tun«, lacht er fett.

Ich presse die Lippen aufeinander. So genau wollte

ich es nicht wissen. Ich fühle mich eklig, klebrig. Fieser Schweißgeruch wabert unter meinen Achseln hoch. Panisch gucke ich auf die Uhr.

»Mist, habe ganz vergessen, dass meine Mum gleich kommen wollte. Lass uns ein anderes Mal fahren, okay?«

Ich gehe an ihm vorbei zur Tür.

»Nee, ist klar. Jetzt haben wir so viel über Hühner gesprochen, da musst du erst mal Hand anlegen, was? Kenne ich.«

Ich versuche ein Grinsen. Soll er doch denken, was er will. Ich hoffe nur, ich träume heute Nacht nicht davon, dass ich in dem Fleischklops Alice ersticke.

Nach einer kalten Dusche geht es mir ein bisschen besser. Zumindest bin ich klarer. Wenn ich wirklich vor meinem Ableben mal Geschlechtsverkehr haben möchte, muss ich dafür bezahlen. So wie Süchtige für ihren Schuss bezahlen. Und so wie die ganzen Junkies hinterm Bahnhof abhängen, würde ich da bestimmt auch eine Frau finden, die für Sex zu haben wäre. Mein Körper glüht. Ich habe ihn fest mit dem Handtuch abgerubbelt. Unter dem Rot ist es fahl. Weiß. Weißgrau. Zwischen den vielen blauen Flecken. Mahnmale, die mich nicht vergessen lassen. Mein Körper sieht benutzt, alt aus. Da ist zu viel Haut für zu wenig Fläche. Ich fülle mich nicht aus. Verliere mich langsam in mir. Ich gehe ins Bett, verstecke mich unter der Decke. Mein Kopf ist zu groß für einen Gedanken. Viel zu viele Bilder jagen sich durch den Raum. Ein bisschen von mir schläft schon. Aber irgendetwas wacht auch noch. Ich bin im Zwischenreich. Frauen tauchen da auf. Fremde

Frauen. Dazwischen immer wieder Helenes Gesicht. Wieder ein Suchbild, in das sich ein Fehler geschlichen hat. Nein. Sie ist richtig. Alle anderen sind falsch. Gibt es Suchbilder, in denen man das Richtige suchen muss? Manchmal, wenn alles falsch läuft, geht das schneller.

Ich bin wohl doch eingeschlafen, sonst könnte ich nicht aufwachen. Meine Mutter streicht mir verschwitztes Haar aus der Stirn. Wieder eine Frau. Ich erschrecke. Freue mich aber auch.

»Hast du schlecht geträumt?«

Ich nicke und schüttele den Kopf, will die falschen Bilder loswerden. Sie an die Wand schleudern. An meine Schädeldecke, damit sie zerbrechen. Meine Mutter legt den Kopf schief.

»Alles in Ordnung?«

Nein, nichts ist in Ordnung.

Hier ist rein gar nichts in seiner Ordnung. Ich bin hier falsch. Mein Leben läuft falsch.

Es gibt kein richtiges Leben im Falschen, fällt mir wieder ein.

»Alles okay«, sage ich endlich.

Ich möchte mich in das Gesicht meiner Mum fallen lassen. In ihren warmen Blick tauchen. Meine Nase an ihrer reiben. »Eskimokuss« nannte meine Mum das früher. Ich rolle mich auf die Seite, näher an sie ran. Dabei rutscht die Decke ein bisschen runter.

»Hast du nichts an?«

Meine Nacktheit unter der Decke wird mir jetzt erst wieder bewusst.

»Mir war nach dem Duschen vorhin nicht gut. Da habe ich mich schnell hingelegt.«

»Hast du nicht nach der Schwester geklingelt?«

»Warum sollte ich? Was könnte sie tun?«

Ich sehe den Kehlkopf meiner Mutter nach oben schnellen und nach unten fallen.

Sie zieht mir die Decke wieder über die Schulter und tut mir so unendlich leid.

Der Gedanke ist am nächsten Morgen nicht weg. Im Gegenteil. Als hätte er sich über Nacht gestärkt, ist er wieder frisch und verwegen da. Ich will Sex. Wie eine Zecke hat sich der Wunsch mit meinem Blut vollgesogen. Ist nicht zu übersehen. Als Anni alle Willigen für ihre nächste Bespaßungsaktion zusammentrommelt, stelle ich mich schlafend. Sie hat sich in den Kopf gesetzt, eine Stationsband zusammenzustellen. Als Namen hatte ich ihr »Dead kids walking« vorgeschlagen. Fand sie, glaube ich, kacke. Als alle weg sind, gehe ich los. Ich muss mir dazu einen Gürtel von Tobias ausleihen. Meine sind alle zu weit geworden, können meine schlackernde Jeans nicht halten. Als sich die Stationstür hinter mir schließt, fühle ich mich ein bisschen wie ein Ausbrecher. Die Drehtür unten spuckt mich auf die Straße.

Ich gehe zielstrebig durch den Bahnhof, direkt zu dem Dönerladen, in dem ich neulich schon saß. Nachdem der Boll seinem Kuli gesagt hatte, dass ich bald sterben werde. Mir ist nicht gut, als ich mich auf den Barhocker schiebe. Mein Magen stülpt sich immer wieder nach oben, überall am Körper spuckt meine Haut kalten Schweiß aus. Nach zwei O-Saft geht es mir ein bisschen besser. Ich beobachte die Straße. Die traurigen Gestalten hier. Frauen sind kaum dabei. Die Typen, die hier abhängen, sind mittelalt bis alt. Oder sehen zumindest so aus. Vor einem Kiosk steht ein Mädchen. Kurzer Rock, riesiges Ohrgebamsel. Sie wechselt von einem Bein aufs andere. Sieht so eine Prostituierte aus? Sie wirkt wie eins der Girls, die »nach der Schule irgendwas mit Kosmetik machen wollen«, weil sie sich selber so gerne schminken oder die »Haare machen«. Ich taste nach dem Geld in meiner Hosentasche. 100 Euro habe ich gerade am Automaten im Bahnhof abgehoben. Das sollte wohl reichen. Hoffe ich. Vielleicht sollte ich einfach zu dem Mädel gehen und nach dem Preis fragen. Ich merke, dass ich keine Lust habe, mit ihr zu sprechen. Das sind ganz schlechte Voraussetzungen für mein Vorhaben. Zumindest müsste ich ja irgendwie vortragen, was ich von ihr möchte. Ich fühle mich plötzlich müde. Total erschöpft. Noch schlimmer. Ich spüre, wie lächerlich ich bin. Wie viel soll ich dafür bezahlen, dass ein weibliches Wesen mich anfasst? Damit sie sich den Ekel nicht ansehen lässt. Oder das Mitleid. Da reicht doch ein Hunni niemals. Und wie viel soll ich an Tabletten einwerfen, um nicht die Demütigung zu spüren? Und – ganz im Ernst – klappt das dann überhaupt noch? Ich meine: rein körperlich. Auf meinen Körper war in letzter Zeit ja nicht mehr so viel Verlass.

Mein Blick wandert über diese ganze triste Szene. Die Penner mit ihren mageren Hunden, die Verkaufsluke des Kiosks wie ein offenes Geschwür, die flackernden Lichter des 24-Stunden-Kinos, die in Form von bedrohlichen Monster-Titten angebracht sind. Armselig. Alles. Ich auch. Ganz vorsichtig rutsche ich von dem Hocker runter. Mir ist nicht mehr übel. Es fühlt sich eher so an, als würden meine Organe ausgewrungen. Eins nach dem anderen. Ich konzentriere mich auf meine Füße. Setze einen Fuß nach dem anderen auf und schaffe es bis zum Taxistand. Das gönne ich mir jetzt als Ersatz. Ich bin noch nie alleine Taxi gefahren. Wenigstens das will ich mal erlebt haben.

»Zu den Städtischen Kliniken, Haus fünf«, befehle ich dem Fahrer, nachdem ich hinten eingestiegen bin. Das wirkt irgendwie weltmännischer, finde ich.

»Das sind doch nur ein paar Meter. Einmal quer durch den Bahnhof und dann rechts«, blafft er mich an.

»Mit dem Auto können Sie wohl kaum durch den Bahnhof«, entgegne ich. Arschloch. Der soll mir nicht sagen, wohin ich gehen soll. Ich sage ihm ja auch nicht, wohin er fahren soll. Ich schnalle mich demonstrativ an. Als er wenige Minuten später vorm Krankenhaus hält, bin ich schon fast eingeschlafen. Ich hätte die Fahrt gerne mehr genossen. Als ich mich aus dem Auto schäle, schlendert ausgerechnet das Minirock-Mädchen auf der anderen Straßenseite vorbei. Sie hat sich bei einem anderen Huhn eingehakt, das genauso billig aussieht. Die beiden kichern vor sich hin. Wahrscheinlich hatten sie sich am Bahnhof verabredet und sind jetzt auf dem Weg in die City, um bei Pimkie und H&M

neue billige Klamotten zu kaufen. Sie merken, dass ich sie anstarre und kichern noch lauter. Finden mich offenbar lächerlich. Das macht mich total wütend. Schlimm genug, dass ich mich selber als Lachnummer sehe.

»Ist was?«, brülle ich quer über die Straße.

Die beiden gehen ein bisschen schneller, die riesigen Ohrringe schaukeln wild.

»Haut bloß ab. Sonst beiß ich euch. Ich habe nämlich Aids«, rufe ich mit schriller Stimme.

Die Ischen verfallen in leichten Trab. In ihren Pumps sieht das total albern aus. Ich sehe ihnen zufrieden hinterher. Mir ist lieber, sie haben Schiss vor mir, als dass sie über mich lachen. Schon im Aufzug verpufft mein Triumphgefühl. Eigentlich will ich nur schlafen, aber ich muss auch reden. Mit Helene. Wem sonst? Ich klopfe kurz, gehe direkt rein und gucke in die besorgten Augen von Dr. Boll. Helenes Rücken sehe ich an, dass sie weint. Schnell ziehe ich die Tür wieder zu.

Weil ich nicht weiß, um wen ich mir gerade mehr Sorgen machen soll, und eh nicht pennen kann, bevor ich nicht weiß, was mit Helene ist, nehme ich mir meine Liste wieder vor. Neben der Rubrik »Was ich unbedingt noch erleben will« schaffe ich eine neue Spalte: »Dinge, die man echt nicht haben muss«. Als Erstes schreibe ich »Sex haben« darunter. Dann fällt mir spontan »Mathe bei Herrn Mücke« ein. Ich würde auch gerne noch »einen Stiefvater« darunter schreiben. Aber wenn meine Mum diese Liste mal sieht, wird sie wieder traurig. Vielleicht sollte ich mich lieber wieder auf die Dinge konzentrieren, die ich machen will. Außer dem Besäufnis mit Jan und Alex und meinem Wii-Autorennen-Sieg steht da noch nichts, und ich finde, das ist echt ein bisschen wenig für den Rest meines Lebens. »Ein romantisches Essen mit Helene«, fällt mir ein. Das würde ich echt gerne machen. Das fände ich richtig cool. So mit Champagner und weißer Tischdecke und einem fetten Rumpsteak. Von mir aus auch Kerzen. Ich meine, ich müsste die nicht haben, aber Mädchen stehen bestimmt auf so was. Und weil ich gerade so mutig bin, schreibe ich auch noch »Mein Testament machen« auf die Liste. Ganz lange schon spukt mir das im Kopf rum. Jetzt, wo die drei Worte da stehen, wird es so real. So unausweichlich. Ich habe ja keine Reichtümer. Aber schon so ein paar Sachen, die mir wichtig sind. Meine DVD-Sammlung, zum Beispiel, bekommt am besten Martin. Der Typ ist der absolute Film-Nerd. Wenn in irgendeinem Programmkino im Umkreis von 200 Kilometern ein Streifen läuft, den er gerne sehen möchte, trampt der da mal eben hin. Natürlich guckt er am liebsten Originalfilme mit Untertiteln. Auf irgendeiner Klassenparty hat er mir das mal erzählt. Das war das erste Mal, dass ich richtig mit ihm gesprochen habe. Dabei war der schon mit mir in der Grundschule. Aber Martin sprach fast nie. Der guckte lieber. Bei ihm wären meine DVDs in guten Händen. Das weiß ich einfach. Vor allem meine Tarantino-Sammlung wüsste er zu würdigen. Meine Musikanlage soll Alex bekommen.

Seitdem ich ihn kenne, spart er auf eine vernünftige. Aber sparen ist nicht so sein Ding, und so hat der echt immer noch die alte Kompaktanlage in seinem Zimmer stehen, auf der er früher schon TKKG-CDs gehört hat. Total peinlich. Der Sound ist einfach eine Katastrophe. Da ist echt das Autoradio meiner Mum besser. Meine Anlage würde Alex auf jeden Fall zu schätzen wissen. Auf der anderen Seite fände ich es aber echt kacke, wenn meine Mutter auch meine Klamotten an Jan und Alex verschenken würde, nur weil die dieselbe Größe haben. Ich möchte nicht, dass die in meinen Sachen rumlaufen. Wenn Laura meine Lederjacke haben will, soll sie die nehmen, und der Rest kann in die Kleiderkammer oder so. Ich gehe in Gedanken durch mein Zimmer. Überlege, was ich sonst noch auflisten muss, und bleibe bei meinem Teddy hängen. Wahrscheinlich wird der nur noch durch Milben zusammengehalten und würde in tausend Einzelteile zerfallen, wenn er mal gewaschen würde. Ehrlich gesagt, liegt der nur noch meiner Mutter zuliebe in meinem Bett, und zwar unterm Kopfkissen! Was sie damit wohl macht? Ob sie den Maja gibt? Ich spüre, wie die Flut kommt. Wie der Pegel in mir steigt. Ich lege die Liste schnell zur Seite. Ich bin auf direktem Weg zum Abgrund. Vielleicht ist der Boll ja jetzt weg und ich kann mit Helene quatschen.

Er hat wirklich das Feld geräumt, aber Helene liegt immer noch wie ein Baby auf der Seite, die Beine angewinkelt, das Kinn auf der Brust. Sie belegt höchstens ein Viertel von ihrem Bett.

»Bleib mal so. So müsste ich dich in einen Koffer bekommen. Mit der Nummer können wir bei ›Wetten, dass …?‹ auftreten.«

»Du meinst, ich passe auch in einen Kindersarg? Das muss ich unbedingt meinen Eltern sagen. Da können die nämlich richtig Geld sparen. Hast du schon mal gesehen, was ein richtiger Sarg kostet? Das ist der Hammer.«

Ich muss vier- oder fünfmal schlucken, bis der Kloß ein Stückchen tiefer rutscht und ich sprechen kann.

»Meine Liebe, kann ja sein, dass du jetzt noch in einen Kindersarg passen würdest. Wenn es aber mal so weit ist, wird der bestimmt nicht mehr reichen. Jetzt bist du schön schlank. Aber warte mal ein paar Jahre. Wenn du dir erst mal einen Typen geangelt hast, gehst du bestimmt auch in die Breite. Und nach dem ersten Kind kommt noch ein ausgeleierter Bauch dazu. Die Krampfadern nehmen ja Gott sei Dank nicht so viel Platz weg. Aber hast du schon mal gesehen, was ältere Frauen für schwabbelige Oberarme haben? Das sind locker auch noch mal ein bis zwei Kilo.«

»Man wird nicht nach Gewicht bestattet«, kontert Helene schwach.

Ahnt sie überhaupt, wie nahe mir die Worte sind? Wie viel sie mit mir zu tun haben?

»Was wollte der Boll von dir?«, wechsle ich das Thema.

»Der liebe Dr. Boll hat mir mitgeteilt, dass ich noch nicht fit genug bin, um an der Versuchsreihe für die neue Chemo teilzunehmen.«

»Musst du erst gesund werden, um die zu kriegen, oder was?«

»So ungefähr. Auf jeden Fall darfst du nicht todkrank sein, um ein Mittel zu bekommen, das dein Todkranksein bessern soll. Ein bisschen krank ist okay. Mehr aber auch nicht.«

»Arschloch.«

»Du sagst es.«

Mir fällt nichts ein, was ich Helene sagen könnte. Was ihr helfen würde. Oder zumindest, was sie für einen kurzen Moment ablenken könnte. Ich gucke ihr nur zu, wie sie an einem Knopf vom Kopfkissenbezug rumspielt. Immer wieder wickelt sie sich einen langen weißen Faden um den Finger. Tief schneidet er in das Fleisch.

»Wo warst du eigentlich heute Morgen?«

Ihre Frage schneidet tief in mein Gewissen.

»Ein bisschen spazieren«, sage ich fast zu schnell.

Sie wickelt sich wieder den Faden um den Finger.

Ich überlege, was passieren würde, wenn ich jetzt die Wahrheit sage. Wenn ich erzähle, dass ich irgendwie dachte, ich müsste mal Sex haben, bevor ich abtrete. Dass ich deswegen zum Bahnhof bin, weil ich dachte, dass da Prostituierte sind. Dass ich mich aber nicht getraut habe. Und eh auch keine gesehen habe. Und dass ich jetzt Sex von meiner To-live-Liste gestrichen habe. Es wäre doch echt nur ehrlich, wenn ich das jetzt sage. Wenn ich jetzt nicht ehrlich sein kann, so kurz, ehe der Vorhang fällt, wann dann? Aber ich würde Helene vielleicht verletzen damit. Das will ich nicht. Weil sie denken könnte, ich sei so ein schwanzgesteuerter Macho.

Weil sie denken könnte, sie würde mir nichts bedeuten. Und das stimmt nicht. Sie ist mir nur einfach zu schade für so eine Aktion. Es könnte so viel kaputtgehen. Ich möchte sie streicheln, sie beschützen, sie halten, sie trösten. Nicht bumsen.

Ich kann sie gar nicht angucken mit all diesen Gedanken im Kopf.

»Ich glaube, das Essen wird schon verteilt. Ich komme später wieder.«

Schon bin ich raus.

Doch Helene muss am Nachmittag länger auf mich warten, als mir lieb ist. Ich kriege nämlich auch Besuch von Dr. Boll. Gemeinsam mit meinen Eltern erscheint er plötzlich in meinem Zimmer. Wie die Heilige Dreieinigkeit. Und die drei sind sich einig. Haben sich was ganz Tolles ausgedacht. Es geht mal wieder um meinen Auszug. Das Abkratzen dauert denen hier wohl zu lange. So ein Krankenhausbett ist teuer. Außerdem kriege ich ja auch noch Vollpension. Und die Rund-um-Bespaßung mit Anni. Warum sollte die Krankenkasse das weiter bezahlen? Für die ist es doch billiger, wenn ich zu Hause den Löffel abgebe. Kurz: Ich soll jetzt ein bisschen bei meiner Mum wohnen und ein bisschen bei meinem Dad. Sie teilen mich auf. Und ich bleibe dabei auf der Strecke. So wie meine Mutter und mein Vater ihren Plan vorstellen, klingt das natürlich ganz anders. Die beiden gucken mich an, als müsste ich mich jetzt echt freuen. Ich kann nur nicken. Die ganze Zeit. Wie so ein Wackeldackel auf holprigem Kopfsteinpflaster. Irgendwann halte ich es nicht mehr aus.

Ich stehe abrupt auf und sage knapp: »Ich hole mir mal eben ein Wasser.«

Auf dem Flur treffe ich Tobias. Der hatte das Feld geräumt, als mein Besuchstrio erschienen war.

»He Tobi, kannst du bitte wieder reinkommen, und zwar am besten brüllend und heulend?«

Er fragt nicht wieso und warum. Das muss er nicht.

Kurz nachdem ich mich wieder hingelegt habe, kommt er rein. Er schnieft und flucht, hält sich eine Hand vor den Mund. Ich weiß nicht so genau, was er simulieren will. Eine Kotzattacke oder einen Heulflash. Ist auch egal. Es wirkt auch so. Meine Eltern und der Boll machen sich vom Acker. Ich verspreche, über ihren Kackvorschlag nachzudenken. Als Erstes hole ich meinen Laptop raus.

Tag 22

Mum und Dad waren da. Sagten, sie hätten sich etwas überlegt. Sie wünschen sich, dass ich so schnell wie möglich nach Hause komme. Ich sei ja jetzt schon drei Wochen wieder hier und so ginge es nicht weiter. Der Plan sei, dass ich von Montag bis Freitag bei Mum sei und von Freitag bis Sonntag zu Dad gehe. Dad müsste ja arbeiten, außer er hat zusätzlich ein Shooting am Wochenende, dann würde man es anders regeln können. Das hielten die beiden für die beste Lösung. Der kleine Giftzwerg Maja würde bei dem großen Giftzwerg Thomas und Mum im Bett schlafen. So hätte ich meine Ruhe. Hallo?

Stopp!
Der Film läuft in die falsche Richtung.
Ich will hier nicht weg.
Wer fragt mich?
Ich will nicht meine Ruhe haben, die hab ich noch lange genug. Ich will hier bleiben, bei Helene.
Sie wird von Tag zu Tag weniger.
Wenn die mich hier rausschmeißen lege ich mich auf so ein Klappbett neben sie, wie das manche Eltern von den ganz Kleinen auf unserer Station auch machen. Ihre Eltern können ja schließlich nicht eben mal vorbeikommen. Wer weiß schon, wie viel Zeit uns noch bleibt. Ich geh hier nicht weg. Vielleicht kette ich mich an ihr Bett, wie die Leute von den Anti-Atomkraftdemos das machen, nur dass die sich an die Schienen ketten.
Ich sollte mal mit Dr. Boll reden – von Mann zu Mann – vielleicht hat er wenigstens für dieses Problem eine Lösung.
Ich kann Helene doch hier nicht alleinelassen. Nicht jetzt.
Nils

Vielleicht hat Helene ja eine Idee. Ich muss ihr ja nicht sagen, dass ich wegen ihr hierbleiben will. Es reicht, wenn sie weiß, dass ich nicht nach Hause will. Sie sitzt in einem Haufen von Fotoalben. Bestimmt fünf oder sechs hat sie um sich herum im Bett verteilt. Sie lacht mich verheult an.

»He Nils, du kommst gerade richtig zur Horror-Show. Guck mal.«

Sie zeigt auf ein kleines Mädchen, das jede Menge Metall im Gesicht hat. Im Mund eine fette Spange, auf der Nase ein unglaublich hässliches Brillengestell.

»Bist du das? Hübsch! Du hast dich echt gar nicht verändert.«

Sie boxt in meine Richtung. Mit ihren Streichholzarmen sieht das total lächerlich aus. Sie schafft damit noch nicht mal einen Luftzug.

»Willst du mal die Bilder von meiner ersten Ballett-Aufführung sehen?«

»Ja, total gerne«, lache ich.

»Blödmann.«

»Nein, im Ernst. Zeig mal. Mal sehen, wie du dich in Rosa machst.«

Helene war schön.

Nein, sie ist noch schön.

Aber mit Haaren und vor allem ohne diesen Abschied im Blick war sie noch viel schöner.

Beim nächsten Album wird sie ganz ruhig. Auf den verwackelten Fotos sind Zelte, pickelige Jugendliche, Sonne, Strand, Grimassen, lachende Münder.

»Was ist denn da mit deiner Frisur passiert?«, versuche ich sie zu ärgern. Sie hat auf den Bildern eine unsägliche Dauerwelle.

»Ich fand das damals gut.«

»Damit standst du bestimmt ziemlich alleine da. Du siehst aus wie ein Tannenbaum.«

Ihre Finger streichen ganz vorsichtig über die Szenen.

»Das war mein erster Urlaub ohne meine Eltern. Eine Woche Italien mit der Kirchengemeinde.«

»Sieht ein bisschen aus wie ein Erziehungscamp auf RTL 2.«

Sie reagiert überhaupt nicht.

»Wir waren ganz oft schnorcheln. Das konnte ich stundenlang machen. Durchs Wasser tauchen, unter Wasser atmen. Jetzt kriege ich auch über Wasser kaum noch genug Luft.«

»Ich war mal tauchen und habe nur rostige Coladosen und so ’n Müll gesehen«, versuche ich sie aus ihrem Erinnerungssog zu ziehen. Sie ignoriert mich, blättert einfach weiter.

»Guck mal, diese Sandburg. Da haben wir alle zwei Tage dran gebaut. Super, oder?«

Warum tut sie sich das an?

»Sieht aus wie sozialer Wohnungsbau in der ehemaligen DDR.«

»Siehst du den da? Das ist Robin.«

Robin, soso.

»Und den fandest du gut? Oh Gott. Du bist hier falsch! Du musst in die Augenklinik. Der Typ sieht aus wie eine Kreuzung aus Dirk Bach und Sido.«

Sie grinst mit halbem Mund. Immerhin.

»Der war total witzig.«

»Klar, anders als mit Humor ist so ein Äußeres ja auch nicht zu ertragen.«

Auf dem letzten Foto liegen sich vier Mädchen in den Armen, grinsen metallisch in die Kamera. Eine davon ist Helene. Eine Träne platscht ihr in den Ausschnitt. In den auf dem Foto. Jetzt habe ich es satt. Ich nehme ihr das Album weg, klappe es zu.

»Verdammt, warum machst du das? Das ist doch die totale Maso-Nummer. Du quälst dich doch nur. Lass das. Das tut dir nicht gut.«

»Weil ich ein bisschen heule? Meinst du im Ernst, dass ich ohne diese Bilder und alles nicht heule? Dass ich sonst vor Lachen nicht in den Schlaf komme, oder was? Lass mir doch meine Erinnerungen. Die kann mir zumindest keiner mehr nehmen. Die habe ich sicher. Im Gegensatz zu meiner Zukunft.«

Sie funkelt mich feucht an.

Wir beide hören das Pfeifen in der Stille danach. Wie sie mühsam die Luft einsaugt.

Ein verzweifeltes Ringen ums Leben. Ein Fisch an Land. Ich denke an die kleine Meerjungfrau. Der nächste Gedanke zur »Jungfrau« ist nicht weit, und ob Helene wohl schon mal … Ich stehe zu schnell auf. Mir wird schwindelig. Ich rudere mit den Armen, Helene greift nach meiner Hand, drückt sie, bis das Karussell langsam anhält.

»Pfeifst du mich eigentlich aus?«, grinse ich sie an. Ihre Bronchien sind echt nicht zu überhören.

»Vielleicht pfeife ich dir ja hinterher«, lächelt sie zurück.

Ich nicke langsam und gehe einfach raus. Ich muss mit dem Boll reden. Ich muss hierbleiben.

Bis einer von uns geht.

So oder so.

Auf dem Weg zu Bolls Zimmer wabert mir ein schiefes »Viel Glück und viel Segen« ins Ohr. Ich bleibe stehen. Das schräge Gewimmer kommt aus Max' Zimmer. Es hört sich gruselig an. Als ich vorsichtig die Tür einen Spaltbreit öffne, sieht es auch gruselig aus. Max sitzt in seinem Bett. In einem gebügelten Schlafanzug … An seinem Bettende stehen sechs Jungen und quälen sich durch das Geburtstagslied. Auf dem Tisch liegen sechs Päckchen mit dem selben Geschenkpapier. Es gibt nur einen guten Spielzeugladen in der Stadt. Auf einem Kuchen stehen sieben schiefe Kerzen und tropfen ihr Wachs auf den Schokoguss. Max sieht aus, als wüsste er nicht, wo er zuerst weggucken soll. Alles ist ihm peinlich. Und ich kann das verstehen. Ich ändere den Plan, gehe auf mein Zimmer und rufe meine Mutter an.

»Mum, das ist ein Notfall. Ich brauche dich.«

An der Art, wie sie einatmet, erkenne ich ihre Gedanken. Sie freut sich, dass ich sie endlich brauche. Aber sie hat Angst vor dem Wort Notfall. Ich rede schnell weiter.

»Ich brauche die blaue Glühbirne aus meiner Stehlampe. Und ich brauche Käpt'n-Sharky-Muffins und Flips und Chips und Kratzeis.«

»Heute?«

»Natürlich heute. Ach ja, und ich brauche was zu trinken. Cola am besten. Kannst du so in einer Stunde damit hier sein?«

»Wird gemacht.«

Kurz vorm Auflegen fällt mir noch was ein.

»Mum? Kannst du auch mein Piratenschiff mitbringen? Das steht unten bei mir im Schrank.«

»Nils, ist alles in Ordnung?«

»Alles super.«

Meine Fresse, was haben wir uns um dieses Kackschiff schon gestritten. Meine Mutter wollte das schon hundertmal entsorgen. An irgendwelche Freundinnen mit kleinen Jungs verscherbeln. Ich habe mich jedes Mal erfolgreich gewehrt. Und wie oft habe ich schon im prallen Staubsaugerbeutel zwischen Dreck und Haaren gewühlt, weil sie wieder Schwerter und Augenklappen aufgesaugt hatte? Wenn ich jetzt aber eh schon in Gedanken mein Hab und Gut verteile, dann gibt es wohl niemand Besseren als Max für mein geliebtes Schiff. Ich freue mich schon so auf sein Gesicht. Schnell sage ich noch ein paar anderen Bescheid. Jonas, Luisa, Paul und Lea. Lea ist zwar erst vier. Aber das Wort »Geburtstagsparty« versteht sie. Und es gibt kaum jemanden, der mehr gute Laune verbreiten kann. Die Kurze ist ein quietschender Flummi, einfach ein kleiner Lachsack. Paul macht sofort ein besorgtes Gesicht. Er habe gar kein Geschenk, gibt er zu bedenken.

»Wir schenken ihm alle zusammen ein cooles Piratenschiff«, beruhige ich ihn.

Um kurz nach acht stürmen wir das Zimmer. Max' Eltern sind kurz vorher gegangen. Max liegt heulend unter einer bunten Girlande. Ich bin mir nicht sicher, ob er sich über unseren Überfall freut, aber er hört schon mal auf zu flennen. Ich drehe die bunte Glühbirne in die Fassung der Nachttischlampe und baue das Büfett auf. Meine Mutter hat nicht nur Käpt'n-Sharky-Muffins gebacken, sondern auch noch einen kleinen Kuchen mit Lebensmittelfarbe. Das hat sie früher schon immer für mich gemacht. Rot und grün leuchtet der Kuchen innen. Ein bisschen gruselig, finden alle. Und dann hat sie auch so blöde Kindercola gekauft. Ohne Koffein und ohne Geschmack. Wir verteilen uns rund um Max' Bett, brüllen ein unmusikalisches »Happy Birthday«. Es klingt schaurig, aber ich glaube, Max gefällt's. Natürlich nicht so gut, wie mein altes Playmobil-Schiff. Er starrt mich völlig ungläubig an, als ich es ihm überreiche. Ich bin selber ein bisschen ungläubig, fast ärgere ich mich, dass ich es einfach so hergebe. Ganz vorsichtig befingert Max die Masten und die Kanonen und die bärtigen Figuren. Dafür, dass das eine Party sein soll, ist es ein bisschen ruhig geworden. Fast andächtig. Irgendetwas knallt gegen die Tür. Es folgt ein Fluch, ein Scheppern. Es knallt wieder, dann wird die Türklinke runtergedrückt. Mit hochrotem Kopf erscheint Helene in ihrem Rollstuhl.

»Typisch Frau am Steuer«, lache ich. Ich freue mich so, sie zu sehen. Keine Ahnung, wer ihr von der Party erzählt hat, hätte nicht gedacht, dass sie auf so was Bock hat.

Sie ignoriert meine Bemerkung und auch, dass sie beim Reinrollen noch zweimal gegen den Rahmen knallt.

»Macht ihr gerade eine Gedenkminute oder warum ist das so lahm? Ich dachte übrigens, wer auf eine Party geht, muss auch vernünftig geschminkt werden. Hat jemand Lust?«

Sie greift nach einer Tasche, die hinten am Rollstuhl hängt.

»Biene Maja, Biene Maja!«, lacht Lea.

Es dauert nur ein paar Minuten, bis Helene aus dem kleinen Gesichtchen eine flotte Biene gemacht hat. Ich bin echt baff.

»Du muss nicht zu beeindruckt sein. Ich habe mal so einen Kinderschmink-Kursus gemacht«, erläutert sie mir.

Aus Max wird natürlich ein Pirat. Mit Stoppelbart, fetter Narbe und Augenklappe. Luisa bekommt ein Löwengesicht. Helene toupiert sogar die restlichen Haare, die Luisa noch auf dem Schädel hat. Hamid, der bislang alles kritisch aus seinem Bett beobachtet hat, taut langsam auf. Er schleicht von hinten an Helene ran.

»Klaun«, sagt er leise.

»Klauen? Soll ich einen Dieb aus dir machen? Wie sieht denn bloß ein Dieb aus?«, fragt Helene überrascht.

»Klaun. Lustig«, antwortet Hamid.

»Du willst ein Clown sein«, versteht Helene endlich.

Als sie fertig ist, sind sich alle einig. Hamid ist mit Abstand der tollste Clown aller Zeiten. Der kleine afghanische Junge kann von seinem Spiegelbild gar nicht genug bekommen. Immer wieder tastet er sein Gesicht ab. Die schwarzen Augen wirken noch dunkler, noch tiefer. Der Mund ist riesig und leuchtet rot. So richtig lustig wirkt er nicht. Aber Hamid scheint sich zu mögen. Alle scheinen es zu mögen, etwas anderes zu sein. Nicht mehr das kranke Kind. Vielleicht sollte Helene mich auch schminken. Mich verwandeln. Rockstar wäre nicht schlecht. Oder Fußballnationalspieler. Oder einfach nur in jemanden, der noch ein bisschen leben darf.

Natürlich sind die Schwestern am nächsten Morgen stinkig. Sie müssen einige Betten frisch beziehen, weil die total mit Farbe verschmiert sind. Luisa ist offenbar die Kombination aus Kuchen, Kindercola und Flips nicht bekommen, sie hat direkt vor ihr Bett gekotzt. Grün und rot! Überall – in den Betten und auf dem Boden – sind Chipskrümel, und Hamid weigert sich standhaft, sich waschen zu lassen. Als Schwester Petra aus seinem Zimmer kommt und brüllt »Dieser Clown kann mir gestohlen bleiben«, mache ich vor Lachen fast in die Hose. Wir bekommen einen kollektiven Stationsanschiss, aber das kümmert niemanden. Max hat sich an seinem Geburtstag nicht in den Schlaf geheult. Er ist irgendwann erschöpft mit dem Piratenschiff unter der Decke eingepennt. Und das war es wert.

Bei der Visite nehme ich meinen Mut zusammen.

»Dr. Boll, ich möchte gerne noch mit Ihnen reden.«

Er guckt mich wieder über seine Brille hinweg an.

»Gut, ich komme nach dem Rundgang vorbei.«

Als er endlich an meinem Bett sitzt, spreche ich schnell, damit ich auch alles sagen kann, ehe sein blöder Piepser dazwischenfunkt.

»Ich kann nicht hier weg. Ich will nicht zu meinen Eltern. Ich muss hierbleiben. Nicht wegen mir. Wegen Helene. Sie braucht mich. Wenn ich jetzt meine Tasche packe, ist das wie ein Verrat. Sie müssen mir helfen.«

Er guckt mich an, als würde er sich wünschen, dass sich sein Piepser meldet. Endlich hat er ein paar Worte gefunden.

»Ich finde es sehr nett, dass du dich um eine andere Patientin kümmerst. Aber vielleicht solltest du dich auch um dich kümmern. Die Diagnose, die du bekommen hast, ist schließlich ziemlich heftig. Und sie ist endgültig. Konzentrier dich doch mal auf dich. Du kannst Helene doch weiter besuchen. Du kannst die ambulante Chemo ja hier auf der Station bekommen, das ist kein Problem. Dann siehst du sie regelmäßig. Aber, Nils, denk mal daran, dass es jetzt um deine Zeit geht. Und darum, womit du sie noch füllen möchtest.«

»Genau das sage ich doch. Hören Sie mir nicht zu? Ich will meine Zeit mit Helene füllen. Und das kann ich nicht, wenn ich sie ein- oder zweimal die Woche hier besuche und zwischendurch damit beschäftigt bin, zwischen meiner Mutter und meinem Vater hin- und herzupendeln. Da komme ich doch aus dem Taschenpacken gar nicht mehr raus.«

»Vielleicht ist es aber für deine Eltern auch wichtig, noch so viel Zeit wie möglich mit dir zu verbringen.«

»Ich dachte, es geht um mich. Und nicht um meine Eltern.«

»Deine Eltern lieben dich über alles, sie werden dich verlieren, und sie möchten die Momente mit dir noch genießen. Gönn dir das selber doch auch.«

»Wenn ich gesund wäre, würden sie mich doch auch nicht permanent genießen wollen. Dann würde ich auch nicht den ganzen Tag zu Hause abhängen und wie ein kleines Baby umsorgt werden. Und sterben könnte ich da genauso. Von jetzt auf gleich. Autounfall oder so. Die können doch nicht auf Vorrat mit mir zusammen sein wollen. Das ist doch Mist. Wollen die ihren Nils-Akku noch mal richtig aufladen, damit er für die nächsten Jahre reicht?«

Dr. Boll guckt irgendwie traurig. Der soll sich sein Mitleid sonst wohin schmieren.

»Natürlich könntest du von einem Auto angefahren werden und von jetzt auf gleich auf der Straße sterben. Doch so wird es nicht sein. Und deswegen haben deine Eltern und du auch die Chance, noch Dinge zu klären. Dinge zu sagen. Zu machen. Bei einem plötzlichen Tod hat man diese Chance nicht.«

»So habe ich das ja noch gar nicht gesehen. Stimmt, das ist ja total super. Wie undankbar, dass ich das bis jetzt noch nicht erkannt habe. Vielen Dank für dieses tolle Gespräch.«

Ich drehe mich um. Aber der Boll kann es natürlich nicht lassen.

»Denk da mal in Ruhe drüber nach. Vielleicht solltest du das auch mal mit Helene besprechen. Und natürlich mit deinen Eltern.«

Wichser.

Er könnte jetzt ganz einfach die Entscheidung treffen, dass ich hierbleiben darf. Aber er kneift. Hat nur fade Worte parat. Auswendig gelerntes Gefasel. »Die Chance, noch Dinge zu klären.« Vielen Dank. Hat man diese Chance nicht immer? Jeden Tag? Warum soll ich dafür jetzt plötzlich dankbar sein? Und wieso muss ich mein letztes Stückchen Leben meinen Eltern geben? Haben die da ein Anrecht drauf? Bin ich denen das schuldig? Ist nicht das verfickte Leben MIR was schuldig? Jetzt soll ich auch noch Rücksicht auf Mum und Dad nehmen. Das ist doch das Allerletzte. Ich soll rumgereicht werden wie eine Topfblume kurz vorm Vertrocknen und mich noch freuen, dass alle mich gießen wollen. So wie die sich das vorstellen, ist das doch totaler Bockmist. Haben die sich schon mal überlegt, wie ich mich in Klein-Majas Zimmer fühlen werde? In einem rosa Kinder-Wunderland zwischen Herden von Barbies und Playmobilpferden. Zwischen der Puppenküche und dem Lillifee-Poster. Und Maja wird meine Mama leise – aber nicht leise genug – fragen: »Wann kann ich denn wieder in mein Zimmer?« Und meine Mutter wird antworten: »Ist doch nicht für lange.« Und wenn ich morgens wach werde, weiß ich, dass Maja jetzt mit Mama unter der Decke liegt. Eingekuschelt und feuchtwarm. Meine Mutter entwickelt nachts ungeahnte Temperaturen. Mein Vater hat früher oft geneckt, dass man mit der Energie ein ganzes Haus beheizen könnte. Maja wird sich an das Blockheizkraftwerk kuscheln und zufrieden vor sich hin schwitzen. So wie ich es früher gemacht habe.

Vielleicht kuschelt Maja aber auch mit Thomas. Sind Mädchen nicht immer Papakinder? Dann könnte ich mich an meine Mutter ranwuseln. Eigentlich. Das würde ich natürlich nicht machen. Ich würde auf meinem Schlafsofa im Maja-Land liegen und versuchen an nichts zu denken. Und tagsüber? Da trinkt meine Mutter wahrscheinlich andauernd Kaffee mit anderen Müttern und die krakeelenden Kinder werden ins Kinderzimmer geschickt. Ich darf mich dann wahrscheinlich im Schlafzimmer verstecken. Da kann ich ja dann ein bisschen schlafen. Als würde ich demnächst nicht lange genug schlafen. Ich könnte mich auf die Seite von Thomas legen, die nach fremdem Mann riecht. Oder auf die Seite meiner Mum, die nach feuchtwarmem Kuscheln riecht. Nach früher. Wo es noch Zukunft ohne Ende gab. Ich stehe schnell auf. Die Gefühle steigen in mir hoch wie warmes Badewasser. Und ich rutsche immer tiefer. Wenn ich hier liegen bleibe, wird der Pegel immer höher steigen. Und dann werde ich irgendwann in den Abfluss gesogen. Runtergezogen. Wie durch ein enges Rohr. Ich kenne das. Ich muss schnell weg.

Beim Autorennen verliere ich dreimal gegen Merlin. Aber immer noch besser, als den Verstand zu verlieren. Danach bin ich ruhig genug, um Helene einen kleinen Besuch abzustatten. Der Sturm hat sich gelegt. Die Gedanken kräuseln sich nur noch wie kleine Wellen, die sich an den Strand werfen. Aus Helenes Nasenlöchern kommen zwei durchsichtige Schläuche.

»Was ist das denn? Schnupfen-Absauganlage?«

Sie lächelt noch nicht mal.

»Das ist Sauerstoff. Damit kriege ich besser Luft.«

Ich nicke langsam.

»In Großstädten gibt es so Sauerstoffbars. Das ist der neuste Schrei. Da nehmen die Leute abends keinen

Drink mehr, sondern eine Runde frische Luft«, plappere ich los.

»Ein Drink wäre mir lieber«, ist Helenes humorloser Kommentar. Erst jetzt sehe ich den Becher auf ihrem Nachttisch. Er hat einen Aufsatz. Schnabeltasse wird so was auch genannt. Ich finde den Namen total blöd. Das ist nämlich gar keine Tasse. Ich drehe den Becher in der Hand. Er ist leer.

»Deinen Caipirinha hast du wohl schon geext.«

»Kannst du mir wohl noch einen besorgen? Ich habe schon wieder so einen Brand.«

»Kein Problem.«

Ehe ich ihr einen frischen Tee aus der Küche hole, gehe ich in die Cafeteria und klau mir dort ein paar Strohhalme. Den blöden Aufsatz schraube ich ab. Jetzt sieht ihr Becher nicht mehr ganz so krank aus.

»Das ist endgeiiiiil!«

Meike zieht das i am Ende noch nach oben, schraubt ihre Stimme in ungeahnte Höhen. Sie presst damit die letzte Luft an ihren Stimmbändern vorbei nach draußen. Der Ton hängt auf der ganzen Station unter der Decke. Ich gehe seinem Ursprung nach und lande im braunen Zimmer vor dem Fernseher. Meike und Sophie starren auf den Bildschirm.

»Die neue Haarfarbe ist der absolute Hammer. Das Rot lässt sie viel weiblicher aussehen«, meint Sophie.

»Aber mit diesen Augenbrauen hat sie beim nächsten Shoot keine Chance. Da haben andere ja weniger Haare unter den Achseln«, erläutert Meike.

»Was tut ihr da?«

»Wir spielen Topmodel. Das ist alles, was du wissen musst. Mehr verstehst du eh nicht«, keift Sophie mich an.

»Ich dachte, das ist eine Fernsehsendung.«

Meike verdreht die Augen, als wollte sie mal gucken, was in ihrem Hinterkopf so vor sich geht. Wahrscheinlich nicht viel.

»Und das hier ist das passende Contest-Game dazu. Voll endgeil. Und auf jeden Fall kreativer, als sich nur vor die Glotze zu hängen und sich das Woche für Woche reinzuziehen. Das hier ist interaktiv!«, belehrt sie mich abschließend.

»Ihr hängt doch jetzt genauso vor der Glotze«, bemerke ich irritiert.

»Aber wir gestalten die Mädchen selber. Es gibt sogar Catwalk-Entscheidungen«, sagt Sophie affektiert.

Die beiden sind echt gestört. Ich mache die Tür zum Flur auf.

»Hier ist doch ein geiler Catwalk. Wenn ihr wirklich was draufhabt, lauft doch mal hier hoch und runter. Das ist nicht nur interaktiv. Das ist total aktiv.«

Sophie tritt die Tür wieder zu.

»Halt doch einfach den Mund und hau ab.«

»Ach. Ihr traut euch nicht. Hier habt ihr die große Klappe, haltet euch für die tollsten Models. Aber durch die Tür zu gehen, schafft ihr nicht. Tolle Topmodels seid ihr. Ich wusste ja, dass Merlin recht hat. Ihr habt nur ein großes Maul. Dahinter ist nichts. Wenn es drauf ankommt, dann kneift ihr.«

Ich kann sehen, wie sie aufhorchen. Als hätte ich sie mit einer Fletsche getroffen. Das Zauberwort war Merlin. Er ist hier irgendwie der große Macker. Und Sophie und Meike wollen alles, nur nicht, dass er sie feige findet. Die beiden gucken sich an, stehen simultan auf und stolzieren raus.

»Du wirst dich noch umgucken«, giftet Meike mich im Vorbeigehen an.

Ich sage jetzt nicht, dass sich nach ihr wahrscheinlich noch nie irgendjemand umgeguckt hat und dass sie darauf lange warten kann. Ich glaube, für heute habe ich die beiden genug gereizt.

Mit meinem eigenen Problem bin ich immer noch nicht weiter. Wenn der blöde Boll mir keine Verlängerung verschafft, muss es irgendwie anders gehen. Obwohl ich sterben werde, bin ich zu gesund, um weiter im Krankenhaus bleiben zu dürfen. Das ist doch total pervers. Ich muss einfach noch ein bisschen kränker werden. Das ist die Eintrittskarte. Wenn ich jetzt aber über wahnsinnige Schmerzen klage, pumpen die mich nur mit Schmerzmitteln voll. Dann liege ich den ganzen Tag dösend aufm Bett. Von Helene habe ich da auch nicht viel. Ich könnte einen Selbstmordversuch simulieren. Aber ich habe Schiss. Hinterher geht was schief und ich kratze wirklich ab. Oder es geht nicht schief und ich komme auf die Psycho-Station. Wenn es bei mir noch Hoffnung gäbe, dann dürfte ich bleiben. Ich fühl mich wie ein Auto mit Motorschaden. Ein paarmal war ich schon auf der Hebebühne, ein paarmal schon ist an mir rumrepariert worden. Aber der Motor will einfach nicht mehr. Jetzt stehe ich ganz hinten in der großen Halle und soll auf den Schrottplatz. Ich habe keine Berechtigung mehr, hier zu sein. Es gibt nichts mehr zu schrauben oder zu schweißen. Ich will aber nicht auf den Schrottplatz. Ich will doch nur noch ein bisschen hier in der Halle stehen und gucken. Ich störe auch nicht. Vielleicht könnte ich heimlich hier wohnen. Ich brauch ja nicht viel. Irgendein Bett ist doch immer frei. Das würde ich dann nehmen. Und irgendjemandem ist immer gerade so schlecht, dass er nichts essen will. Da würde auch locker genug für mich abfallen. Ganz heimlich ginge das natürlich nicht. Ich müsste immer so tun, als wäre ich gerade zu Besuch da. Nur mit den Schwestern müsste ich darüber reden, die müssten Bescheid wissen. Vor allem eine.

Ich passe Schwester Ulla schon unten vor dem Hauptportal ab.

»Ich muss mit Ihnen reden«, sage ich sofort mit dringender Stimme.

Sie fragt nicht. Sie guckt noch nicht mal irritiert. Sie sagt nur: »Alles klar, um neun Uhr heute Abend in der Teeküche.«

Aus den Augenwinkeln sehe ich Sophie und Meike am Kiosk stehen. Sie gucken irgendwie enttäuscht. Ich habe den Eindruck, dass sie auch auf Schwester Ulla gewartet haben.

»Ich soll nach Hause. Ich soll meine Tasche packen und das Feld räumen. Ich will aber nicht. Ich will hier bleiben. Hier ist mein Zuhause. Wenn ich zu meinen Eltern gehe, werde ich da nur weitergereicht wie ein Staffelstab. Da habe ich keinen Bock drauf. Der Boll will mich aber unbedingt loswerden. Und deswegen möchte ich mich hier heimlich einquartieren. Sie müssen mir helfen.«

Während meines ganzen Vortrages hat Schwester Ulla einen Teebeutel immer und immer wieder durch eine Tasse heißes Wasser gezogen. Mal rechts rum, mal links rum. Fast hypnotisch. Als ich atemlos fertig bin, lässt sie den Beutel in eine dreckige Tasse platschen und guckt mich sehr gerade an.

»Du willst nicht die letzte Zeit deines Lebens wie ein unerwünschter Gast auf einer Party verbringen. Aber willst du echt wie ein heimatloser Hund hoffen, dass irgendwo was vom Tisch abfällt, damit du was zu essen hast? Und wenn mal wirklich alle Betten belegt sind, willst du dich dann auf einer Decke vor Helenes Tür zusammenrollen und im Morgengrauen wieder verschwinden? Nee. Das ist würdelos.«

»Mich vor die Tür zu setzen, ist herzlos.«

»Das ist das Problem. Normalerweise wollen die Menschen nicht hier sein. Eigentlich ist niemand gerne im Krankenhaus. Du bist da eben eine Ausnahme. Viele Kinder und Eltern sind froh, wenn sie zu Hause sein dürfen. Was immer auch passiert. Du hast vorhin gesagt, was du alles willst. Es geht dabei um dich. Aber wer stirbt, lässt auch jemanden zurück. Menschen, die trauern und weinen. Die weiterleben müssen und manchmal nicht wissen wie. Die dich halten wollten. Du sollst nichts für deine Eltern machen. Aber mit ihnen.«

Ich wünschte, ich hätte jetzt auch einen Kacktee, um diesen Kloß runterzuspülen. So muss ich an ihm vorbeireden.

»Das bin ich meinen Eltern schuldig, oder was? Bis zur letzten Sekunde ein braver Sohn sein? Hauptsache ihnen geht es gut.«

»Es wird ihnen nicht gut gehen.«

»Dann ist es doch eh scheißegal, was ich mache. Ich habe die doch schon genug enttäuscht, genug genervt. Dieses Hin und Her. Krankenhaus. OP. Chemo. Hoffen. Krankenhaus. Die hatten sich mit Sicherheit einen anderen Sohn gewünscht. Einer, der funktioniert. Der gute Noten schreibt, der beliebt ist. Am besten noch sportlich. So was wie mich kann doch eigentlich niemand gebrauchen.«

»Wir hier können dich sehr gut gebrauchen. Das weißt du genau. Ohne dich wäre ich schon ein paarmal total aufgeschmissen gewesen. Du allein hast Max die Angst nehmen können. Vielleicht kannst du aber mal deine Eltern brauchen. Du sollst nichts ihnen zuliebe tun. Aber vielleicht ihre Liebe zulassen. Du bist der Sohn, den sie verlieren werden. Die möchten einfach jetzt noch nicht loslassen. Aber vielleicht musst du ja gar nicht bei ihnen sein, um ihnen nahe zu sein.«

In ihrer Tasche brummt etwas. Sie wirft einen kurzen Blick auf das Display.

»Meike und Sophie rufen. Wenn du willst, reden wir nachher weiter.«

Als sie später an meinem Bett steht, versuche ich ganz flach und gleichmäßig zu atmen. Offenbar glaubt sie, dass ich schlafe. Ich würde es auch gerne, aber in mir jagen sich die Gedanken.

Ich bin der Sohn, den sie verlieren.

Ich werde sie verlassen, einfach gehen.

Und zum ersten Mal können meine Eltern nichts machen. Irgendwie tun sie mir leid. Da hat man als Mutter und Vater jahrelang bestimmen dürfen und plötzlich ist man völlig hilflos. Mein Dad konnte die Gangschaltung meines Rennrads reparieren, er hat Karten für ein längst ausverkauftes Spiel der Fußballnationalmannschaft ergattert, er hat mir ein Piraten-Hochbett mit Ruder und Steuerrad selber gebaut.

Krebs besiegen kann er nicht. Ich habe ja nie geglaubt, dass mein Vater alles kann. Aber jetzt weiß er es selber auch. Muss ein Scheißgefühl sein.

Um kurz vor zwei liege ich immer noch wach da. Ich verscheuche Gedanken wie lästige Fliegen. Ein ganzer Schwarm von ihnen summt durch meinen Kopf. Bilder von meinem Dad. Wie er mir Fahrradfahren beigebracht hat. Irgendwann hat er losgelassen, ist hingefallen und hat sich das Knie aufgeschlagen. Meine Mutter hat sich fast weggelacht. Bilder von meiner Mum, die sich auf meinem zehnten Geburtstag in meinen Geburtstagskuchen gesetzt hat. Anschließend hat sie das Kleid auf den Tisch gelegt und jeder bekam einen Löffel, um den Schoko-Keks-Smartie-Matsch abzukratzen. Bis kurz vor zwei laufen Hunderte von Kurzfilmen durch meinen Kopf. Ich finde den Aus-Knopf nicht. Als ich im Schwesternzimmer stehe, guckt Schwester Ulla gar nicht hoch.

»Kannst du immer noch nicht schlafen?«

Sie drückt mir zwei Tabletten in die Hand. Bevor ich in mein Zimmer zurücklatsche, mir den Rechner schnappe und schon mal die Tabletten runterspüle, konnte ich aber zum Glück eine Sache noch mit Ulla klären.

Tag 23

Liebe Laura,
leider ist es ja doch so: Man muss alles selber machen. Der Boll möchte nicht, dass ich hierbleibe. Ich soll meine Zeit mit Mum und Dad verbringen. Schwester Ulla findet auch, dass sie das verdient haben. Mir ist aber Helene momentan viel wichtiger, so gemein sich das auch anhören mag. Es geht ihr so schlecht. Ich muss was für sie tun. Muss was für uns tun.
Als ich vorhin bei Schwester Ulla war, fiel es mir wie Schuppen von den Augen. Mein Punkt auf der To-live-Liste: romantisches Essen mit Helene. Solange ich noch hier bin, muss ich das in die Tat umsetzen, und wer könnte mir da besser helfen als unsere unsagbare, unschlagbare Ulla? Das Ambiente ist hier in der Klinik zwar nicht das Tollste, aber wer aus einem Krankenbett ein Piratenschiff machen kann, der zaubert auch aus einem Krankenzimmer ein Erste-Klasse-Restaurant. Ulla war bei der Idee gleich aus dem Häuschen. Sie versprach mir für eine der kommenden Nächte ein Candle-Light-Dinner der Extraklasse. Ich bin gespannt, was sie aus der Idee macht. Hoffe, dass der Gute-Nacht-Trip, den ich eingeworfen habe, bald wirkt.
Nils

Als ich um kurz nach zehn wach werde, fühle ich mich schwer. Schwermütig. Schwerfällig. Einfach schwerkrank.

Ich setze mich zu schnell auf. Blut fließt aus meiner Nase. Es gibt Tage, die sind einfach nicht nötig. Aber was soll man machen, wenn nur noch solche Tage anstehen? Als eine Schwester kommt, um das Bett frisch zu beziehen, muss ich notgedrungen aufstehen. Mir tun die Knochen weh. Vielleicht vom vielen Liegen und Rumwälzen. Vielleicht will der Krebs sich auch mal wieder in Erinnerung rufen. Ich schlendere langsam zu Helene. Ihre Eltern waren heute Morgen schon da. Habe gesehen, wie sie auf dem Parkplatz in ihren alten Opel gestiegen sind.

Helene hat mal wieder ihr persönliches Kino. Bild für Bild tasten ihre Augen ab. Ich frage mich, wie oft sie sich die alten Fotos schon angeguckt hat und wann selbst die schönsten Erinnerungen anfangen, einen zu langweilen. Oder zu nerven. Ich sehe, wie sie mühsam im Liegen umblättert. Den Kopf hält sie angestrengt hoch. Wie Drahtseile zeichnen sich die Sehnen unter ihrer dünnen Haut am Hals ab.

»Soll ich dein Kopfteil hochstellen? Das sieht ja superungemütlich aus.«

»Nee, lass. Mein Rücken spinnt ein bisschen, am besten geht es noch im Liegen.«

Ich gehe wieder raus, kann den Anblick kaum ertragen. Außerdem hat Helene mich noch nicht mal angesehen. Sie hatte den Blick konzentriert auf ihre Vergangenheit geheftet. Auf die Gegenwart hat sie wohl gerade keinen Bock. Kann ich verstehen. Ich eigentlich auch nicht.

Als ich zurück in mein Zimmer komme, klingelt das Telefon. Ich ahne, wer das ist. Weil aber die Schwester noch da ist, kann ich es auch nicht einfach ignorieren. Es ist wirklich meine Mutter. Sie will wissen, ob ich heute Nachmittag lieber Nussecken oder einen Hefezopf essen möchte. Sie hätte Lust, irgendwas zu backen, und ich dürfte entscheiden.

»Ich hätte gerne eine Schwarzwälder Kirschtorte«, sage ich.

»Echt?«

Jetzt hat sie ein Problem. Ich weiß genau, dass sie keine Schwarzwälder Kirschtorte kann. Sie hat das ein Mal probiert. Das Ergebnis war optisch schlicht eine Katastrophe. Auf der anderen Seite will sie mir natürlich meinen Wunsch nicht abschlagen.

Ich zähle im Geist bis zehn. Dann erlöse ich sie.

»War ein Scherz. Mach ruhig Nussecken.«

Sie atmet erleichtert aus.

»Ach, Mum, könntest du mir wohl diesen Kochbuchhalter mitbringen, den ich dir mal geschenkt habe?«

»Was willst du denn damit?«

»Bring ihn einfach mit, okay? Du brauchst ihn doch eh nicht, oder?«

Sie widerspricht nicht. Das wäre auch gelogen. Ich habe ihr damals dieses alberne Teil geschenkt, weil meine Oma mir das geraten hatte. Wahrscheinlich hätte sie selber gerne so einen überflüssigen Quatsch gehabt. Ich habe nicht ein Mal gesehen, dass meine Mutter zum Kochen diesen Ständer rausholt, um das Kochbuch da festzuklemmen. Ich habe meine Mutter eh nicht sehr oft kochen sehen.

Sie hat schon fast aufgelegt, als ich noch schnell was sage.

»Kann Dad heute Nachmittag vielleicht auch kommen? Ich wollte kurz was mit euch besprechen.«

Danach drücke ich schnell auf die Gabel. Schon im selben Moment ärgere ich mich über meine Frage. Jetzt muss ich da durch.

Sie kommen früh und sie kommen zusammen. Wahrscheinlich haben sie sich schon gegenseitig gefragt, über was ich wohl reden will. Wir halten uns im Seichten auf, vermeiden das Tiefe. Plaudern ein bisschen, loben Mums Nussecken. Tummeln uns unverfänglich auf Allgemeinplätzen. Irgendwann halte ich es nicht mehr aus.

»Ich brauche eure Hilfe. Ich möchte gerne hier bleiben. Hier sterben. Ich weiß, dass ich lieber nach Hause wollen sollte. Aber ich weiß nicht mehr, wo mein Zuhause ist. Am vertrautesten ist mir alles hier. In eure Welten gehöre ich nicht mehr wirklich. Ich weiß, dass ihr alles machen wollt, um mir zu helfen. Wenn ihr das wirklich wollt, dann müsst ihr mich loslassen. Mich hierlassen. Ich möchte nicht ohne euch sein. Aber ich möchte auch für mich sein. Und das bin ich hier. Außerdem gibt es hier jemanden, der mich braucht. Für den möchte ich da sein. Das ist mir sehr wichtig.«

So habe ich noch nie mit meinen Eltern gesprochen.

Ich habe die Sätze abgefeuert. Ein Worthagel ist auf sie niedergeprasselt. Meine Mutter legt den Kopf in den Nacken. So wie man das manchmal macht, um die Tränen zu unterdrücken. Als ob die dann wieder rückwärts laufen würden. Ich frage mich, wo die Tränen wohl sind, ehe sie geheult werden. Mein Vater starrt seine Hände an, als würde er sie zum ersten Mal sehen.

»Wir möchten eben für dich da sein. Das ist uns auch sehr wichtig«, presst er irgendwann raus. Seine Hände ringen mit sich selber.

In mir zerrt irgendwas. Es ist ein Tauziehen in meinem Kopf. Ich bin der kleine Junge, der sich am liebsten in Mum verkriechen möchte. Und ich bin erwachsen. Möchte meinen eigenen Weg gehen. Auch wenn der nicht sehr lang sein wird.

»Nils, ich würde dich gerne umsorgen. Jede mögliche Minute mit dir teilen. Ich will dich nicht hergeben.«

»Mum, das hättest du doch irgendwann gemusst. Irgendwann wäre ich eh gegangen. In eine andere Stadt. In ein anderes Land. Ihr habt Laura auch ziehen lassen.«

»Laura kommt aber zurück«, brüllt mein Vater plötzlich.

Ich erschrecke mich. Er sich aber auch.

»Nils, erwartest du wirklich, dass wir zu Dr. Boll gehen und sagen, dass du nicht zu uns kommen kannst? Nicht bei uns wohnen kannst? Dass wir dich nicht versorgen können? Dich nicht bei uns haben wollen?«

»Genau das erwarte ich von euch.«

Er guckt verzweifelt meine Mutter an. Sein Blick sagt: Mach was!

Ganz langsam steht sie auf.

»Wir müssen darüber nachdenken, Nils.«

Sie wirkt wie in Trance. Geht zögerlich zur Tür. Mein Vater folgt ihr stumm.

Ich weiß nicht warum, doch ich gehe zum großen Flurfenster, von wo aus man auf den Parkplatz gucken kann. Nach ein paar Minuten tauchen sie auf. Als mein Vater stehen bleibt und seinen Kopf auf die Schulter meiner Mutter legt, drehe ich mich schnell um.

Von Tobias erfahre ich, dass heute Abend um zehn eine große Show steigen soll. Sophie und Meike hätten sich was ausgedacht. Nach dem Abendessen gehe ich aber erst mal zu Helene und installiere den Kochbuchhalter. Er war echt noch original eingepackt. Wusste ich es doch. Meine Mutter zieht es halt vor, ihre Kochbücher weiter mit Brühe oder Fett einzusauen. Ich binde das Metallteil an das Dreieck über Helenes Bett. Da kann sie jetzt die Fotoalben einspannen und sich auf dem Rücken ganz entspannt Seite für Seite angucken. Wir hören noch die Ärzte-CD, reden wenig. Helene hat oft die Augen zu. Ich habe den Eindruck, dass sie manchmal wegschläft. Sie stöhnt leise im Schlaf. Um kurz vor zehn stupse ich sie an.

»Sollen wir uns mal ansehen, was draußen passiert?«

Sie muss sich erst orientieren. Ihr Blick zweifelt, flackert ein bisschen. Ich sehe in ihren Augen, dass sie Schmerzen hat.

»Ich kann dich auch mit dem Bett an die Tür schieben. Dann kannst du liegen bleiben.«

Sie nickt.

Wir kommen gerade rechtzeitig. Am Ende des Flurs steht etwas sehr Blondes. Erst auf den zweiten Blick erkenne ich Schwester Ulla. Sie hat eine echt grelle Perücke auf.

Sie klopft mit einem Löffel gegen eine Urinflasche. Eine leere, Gott sei Dank.

»Hallöchen! Mein Name ist Ulla Klum und ich begrüße euch zum großen Finale von ›Germany's next Topkranke‹!«

Vier Mädels haben sich in ihrer Nähe postiert. Neben Meike und Sophie stehen da die kleine Theresa und die dicke Lena. Die beiden haben sich offenbar von Meike und Sophie überreden lassen, den Quatsch mitzumachen.

Schwester Ulla hat sich inzwischen ganz lässig auf einen Tisch gesetzt, den sie extra in den Flur geschoben hat. Sie klimpert mit fünf oder sechs dicken Halsketten, die sie sich umgehängt hat.

»Ihr vier Mädchen seid die letzten Kandidatinnen von 105.687 Kranken, die sich bei meiner neuen Staffel beworben haben. Aber wie ihr wisst, kann nur eine von euch Germany's next Topkranke werden. Nur eine kann in dem neuen Werbeclip für meine selbst entworfenen OP-Hemden mitspielen. Und nur eine von euch kommt auf das Cover der neuen Apotheken-Umschau.«

Sie macht eine bedeutungsvolle Pause und schwenkt wieder ihr Gehänge.

»Begrüßt bitte mit mir das zweite Jury-Mitglied.«

Erst jetzt sehe ich, dass hinter ihr noch jemand am

Tisch sitzt. Sie gibt den Blick frei und ich pinkel mir fast in die Hose. Da sitzt Merlin mit einer fleischfarbenen Badekappe.

»Hallihallo! Ich bin Payman, wie ihr bestimmt wisst. Und ich bin so froh, dass mein Flieger aus L.A. noch rechtzeitig für das große Finale gelandet ist. Übrigens Ulla, du siehst wieder bezaubernd aus.« Er streicht sich über die Plastikhaut-Glatze.

Auch Helene lacht jetzt ganz leise. Ulla alias Heidi Klum erklärt jetzt die Aufgaben. Die vier Kandidatinnen müssten zunächst beim Fotoshooting zeigen, wie fotogen sie seien. Dafür müssten sie Payman schöne Augen machen.

Meike und Sophie wollen beide sofort anfangen, doch Lena darf beginnen. Ich kenne Lena schon länger, vergesse nur manchmal, dass sie ein Mädchen ist. Sie ist eher so der rustikale Typ. Breite Schultern, breite Hüften, breiter Gang. Ich wundere mich, dass sie hier überhaupt mitmacht. Sie stampft zu Merlin, lässt sich mit ihrem gesamten Gewicht auf seinen Schoß fallen und nimmt ihn in eine Art Schwitzkasten. Ulla hält das Ganze mit einer Sofortbildkamera fest. Ich glaube, Merlin bereut das erste Mal, sich für den Job gemeldet zu haben. Er steht offenbar kurz vorm Ersticken.

Auch Theresa macht es ihm nicht leicht. Die Kurze ist schon sechs oder sieben Jahre alt, sieht aber eher aus wie vier. Wie ein gerupftes kleines Vögelchen. Sie klettert auch auf Merlins Schoß und gibt ihm direkt einen Kuss. Es sieht aber eher so aus, als würde sie ihn abschlecken. Vielleicht hat Theresa zu Hause einen

Hund, der so küsst und bei dem sie in die Schule gegangen ist.

Meike und Sophie klettern nicht direkt auf Merlin drauf, aber sie geben echt alles. Sophie schlendert zu ihm, beugt sich dann ganz tief runter. Der Ausschnitt ihres Shirts folgt der Erdanziehungskraft. Alles was darunter ist auch. Ihr Gesicht ist genau vor seinem Gesicht, doch Merlin hat Probleme, ihr in die Augen und nicht woandershin zu gucken. Sophie deutet so was Ähnliches wie einen Strip vor ihm an. Ganz lasziv schiebt sie sich den Birkenstockschuh vom Fuß. Von den Zuschauern gibt es vereinzelt Beifall und ein kehliges Raunen. Nachtschwester Ulla muss sich ein bisschen brachial dazwischenschieben, damit Sophie aufhört.

»Kommt jetzt McDonald's-Werbung?«, ruft ein Junge von hinten. Ulla versucht, ein Lachen zu unterdrücken.

»Wer eine internationale Topkranke sein möchte, muss natürlich auch auf dem Flur eine gute Figur machen. Unsere vier Finalistinnen werden uns jetzt auf diesem Catwalk die schönste Krankenkollektion vorstellen.«

Sie klatscht zweimal in die Hände, und die vier Mädels kommen aus einem Zimmer, wo sie sich offenbar umgezogen haben. Es ist echt witzig. Lena hat einen viel zu großen Bademantel an und die Kapuze tief ins Gesicht gezogen. Die sieht aus wie ein Boxer, der in den Ring zieht. Theresa balanciert ein Essenstablett auf dem Kopf und muss es echt nur zweimal kurz festhalten. Was Sophie zeigt, weiß ich nicht so genau. Entweder es ist ein sehr kurzes Nachthemd oder ein sehr langes Schlafanzugoberteil. Auf jeden Fall sieht es zu den weißen Thrombosestrümpfen sehr skurril aus. Meike kommt als Duo mit einem Infusionsständer, den sie wie ein Hündchen hinter sich herzieht. Als sie direkt vor Schwester Ulla und Merlin steht, zieht sie ihren Morgenrock aus und zeigt einen sehr engen Schlafanzug. Den Mantel wirft sie sich wie ein Topmodel lässig über die Schulter. Danach streckt sie den Po einmal nach rechts, einmal nach links raus, wirft die nicht existente Mähne in den Nacken und dreht wieder ab.

»Schade, dass du nicht mitmachst, Birne Helene«, sage ich zu dem bunten Turban vor mir. Helene reagiert nicht.

Nachdem die vier Mädels sich vor der Jury postiert haben, rekelt sich Schwester Ulla wieder ein bisschen auf ihrem Tisch rum. Sie hat diese saudoofe Sendung wohl echt mal gesehen. Laura hat sich die auch immer reingezogen. In der Hand hat sie ein Polaroid.

»Die Spannung hat jetzt wirklich ihren fast nicht mehr zu ertragenden Höhepunkt erreicht! Ich will euch nicht länger auf die Folter spannen. Sophie, Meike und Lena: Ihr seid wirklich Topkranke. Euch stehen auf dem internationalen Krankenhausparkett bestimmt noch viele Türen offen. Ärzte werden sich darum reißen, Röntgenaufnahmen von euch zu machen, aber für euch habe ich heute leider kein Foto. Die Jury hat einstimmig entschieden, dass Theresa unsere Topkranke des Jahres ist. Hier, Theresa, ist dein Preis.«

Sie gibt der quietschenden Kleinen nicht nur ein Foto, auf dem sie einen sichtlich angeekelten Merlin abschleckt, sondern auch eine Apotheken-Umschau. Das Mädchen auf dem Titelbild ist mit einem Foto von der Kurzen überklebt. Es sieht zum Schreien aus. Genau das tut Theresa jetzt auch. Danach fängt sie wieder an, den verdutzten Merlin einzuspeicheln.

»Was meinst du, wie gerne Sophie oder Meike jetzt an ihrer Stelle wären«, sage ich zu Helene. Erst jetzt merke ich, dass sie schon schläft. Ganz behutsam schiebe ich sie zurück in ihr Zimmer. Meine Beine, meine Arme, alles tut weh, aber ich bleibe noch auf dem harten Holzstuhl neben ihr sitzen.

Am liebsten würde ich mich zu ihr legen. Ganz nah neben sie. Das traue ich mich nicht. Ich würde mich auch gerne in mein Bett legen. Vielleicht tun dann die Knochen weniger weh. Doch es dauert lange, bis ich es schaffe, sie zu verlassen.

Um mit meinen Gedanken nicht ganz allein zu sein, nehme ich mir den Rechner und fange einfach an zu tippen.

Tag 24

Liebe Laura,
unser Candle-Light-Dinner hat noch nicht stattgefunden. Dafür aber ein super »Modelwettbewerb«, den Ulla arrangiert hat. – Ulla à la Heidi Klum sucht die Topkranke – Helene ist dabei eingeschlafen. Ob sie bei unserem romantischen Essen

durchhält? Ob sie überhaupt einen Bissen runterkriegt? Ich weiß gar nicht, was sie gerne isst. Ob Ulla das weiß? Und ob wir das auf die Station bekommen? Auch wenn Helene mir schon so nah ist, ich weiß so wenig über sie ...
Hat sie auch Geschwister? Da haben wir noch nie drüber gesprochen. Hab hier auch noch niemanden gesehen, aber dich sieht man ja auch nicht.
Wann hat sie Geburtstag?
Welche Sorte Eis isst sie am liebsten?
Hat sie eine Lieblingsfarbe oder mag sie alle Farben gleich gern?
Mag sie Hunde oder Katzen lieber? Ich würd sie ja eher für einen Hundetyp halten ...
Es gibt so vieles, das ich noch wissen möchte, das ich sie noch fragen möchte, das ich ihr über mich erzählen möchte. Aber werden wir je genug Zeit dazu haben? Sie weiß ja noch nicht mal, dass ich bald sterben werde. Sie denkt sicher, wir haben noch alle Zeit der Welt, wenn es ihr erst mal besser geht und sie mit der neuen Studie beginnen kann. Ob sie es wohl schafft?
Wir sind ein echtes Traumpaar, Laura, was? Ein Todgeweihter und ein schlapper Lulatsch: Dem einen frisst der Krebs die Organe auf und bei dem anderen fließt mehr Krebs durch die Adern als vernünftiges Blut. Wenn du da nicht 'nen coolen Thriller draus drehen könntest ... Ach, was sag ich, das ist der Stoff für einen Horrorfilm. Und ich steck mittendrin, im Horrortrip. Vielleicht sollte ich klingeln und mir von Ulla noch ein paar von den guten Pillen geben lassen. So komme ich auf keine guten Gedanken mehr.
Nils

Am nächsten Tag ist der Model-Contest natürlich DAS Thema auf der Station. Die Schwestern fluchen viel. Klar, nach einer solchen Aufregung sind alle wie auf links gezogen. Wir funktionieren nicht wie sonst und halten den Betrieb auf. Die Kleinen schlafen kurz vorm Essen ein, ein paar haben Fieber. Aber was ist das gegen den Spaß! Muss man unbedingt mit vollem Bauch und – bis auf den Krebs – gesund und munter hier liegen? Das kann ja wohl keiner verlangen. Wenn wir nicht zufällig hier wären, würden wir ja wohl ganz anderen Quatsch machen. Merlin bestimmt. Und Sophie und Meike auch. Bei mir bin ich nicht so sicher. Ich wäre ja ganz gerne der wagemutige Risikotyp. Der Abenteurer und Draufgänger. Jetzt bin ich nur noch der Draufgeher.

Nachmittags hängen wir alle im braunen Zimmer ab. Als hätten wir uns verabredet. Wenn das hier eine coole Kneipe wäre, könnten wir jetzt sagen: Wir chillen. Aber auf alten Cordsofas und abgewetzten Kunstledersesseln kann man nicht chillen. Da hängt man nur rum. Es liegt ein Kichern in der müden Luft. Wir fragen uns, wo Schwester Ulla wohl diese quietschgelbe Perücke herhatte. Merlin beschwert sich, er hätte einen fetten Bluterguss auf dem Oberschenkel, weil Lena sich mit ihrem dicken Arsch darauf geworfen hätte.

»Dafür hat Sophie dich doch mal ganz tief reinglotzen lassen«, räumt Tobias ein.

»Und du meinst, das lohnt sich?«, grinst Merlin, ehe Sophie ihm einen Plastikbecher an den Kopf wirft.

Theresa sitzt dabei und starrt die ganze Zeit auf dieses Apotheken-Magazin mit ihrem Foto vorne drauf. Sie wirkt ganz entrückt.

»Auf jeden Fall war es eine coole Aktion. So was könnten wir echt mal öfter machen«, meint Meike.

»Super. Wie wäre es mit ›Sex in the City-Hospital‹?«, grinst Merlin.

Typisch.

»Wir könnten die Popstars machen«, schlägt Tobias vor.

»Genau. Poppen finde ich auch gut«, lacht Merlin laut.

Sophie und Meike verdrehen kollektiv die Augen.

»Ich fände es gut, wenn wir eine Hitparade aufstellen, mit den zehn blödesten Krankenhaussätzen«, mischt Max sich plötzlich ein. Ich finde seine Idee gar nicht so bescheuert.

»Was soll das denn sein?«, fragt Theresa, die sich jetzt auch zu Wort traut.

»Es gibt doch im Fernsehen andauernd so Sendungen mit den zehn dümmsten Blondinen oder den zehn größten Skandalen oder auch den zehn peinlichsten Auftritten oder so. Wir machen die Rangliste mit den zehn Sätzen, die man im Krankenhaus total bescheuert findet«, erkläre ich ihr.

»Das ist gut. Wir nehmen das Ganze mit der Digicam auf und überreichen es hinterher dem Boll, damit sich die Ärzte und alle hier das auch mal angucken können. Vielleicht hilft es ja sogar«, fügt Meike hinzu.

Sophie springt auf, geht raus und kommt nach ein paar Minuten mit Block und Stift zurück.

»Dann schießt mal los.«

»Wie wär's mit: Entschuldigung, aber wir haben das falsche Bein amputiert«, schlägt Merlin vor und klopft kichernd auf seine Prothese.

»Mein schlimmster Satz hier war: Du bist auf einem Zimmer mit Meike«, meldet sich Sophie.

Der Hieb, den sie darauf von ihrer Nachbarin kassiert, wird einen fetten blauen Fleck abgeben.

»Ich finde es doof, wenn die Schwester kommt und sagt: Deine Eltern haben angerufen, sie schaffen es heute nicht mehr«, sagt Max leise.

Das Lachen ebbt langsam ab.

»Schlimm ist auch: Wir haben noch keinen Spender für dich«, höre ich mich sagen, damit das Schweigen endlich übertönt wird. Ich selber habe den Satz nie gehört. Zwei Mal habe ich fremdes Knochenmark bekommen. Zwei Mal hat es nichts gebracht.

Merlin mischt sich wieder ein: »Der übelste Satz ist bestimmt: Du wirst sterben. Übler geht es ja wohl kaum.«

Er mutmaßt es. Er weiß es nicht. Er weiß nicht, wie dieser Satz in den Ohren klingt. Er weiß nicht, wie diese Worte dein Innerstes zerreißen. Wenn sie in einer Endlosschleife durch dein Gehirn brüllen.

Ich stehe langsam auf und gehe so beiläufig wie möglich raus.

Helene malt mit einer Gabel stoisch Furchen in einen Haufen Matsch. Auf dem Teller vor ihr dampft Kartoffel-Möhren-Brei.

»Isst du zu Abend, oder machst du da moderne Kunst?«, frage ich sie und hole mir einen Stuhl.

»Ich versuche, mich zu hypnotisieren, damit ich das Zeug hier runterbekomme.«

»Hast du es schon mal mit dem Krankenhausradio versucht? Ich schwöre dir, wenn du den Mist zwanzig Minuten gehört hast, bist du in einer Art Wachkoma. Das ist stärker als jede Vollnarkose.«

Sie lächelt schwach.

»Nein, im Ernst, ich muss das essen. Wenn ich nicht esse, habe ich überhaupt keine Chance, diese neue Wunderchemo zu bekommen. Und das ist immerhin meine allerletzte Chance.«

Immerhin, sie hat noch eine. Muss ein gutes Gefühl sein.

Aber ein ganz kleines bisschen fühle ich mich auch gut. Essen ist wichtig für Helene. Wenn ich sie zu einem Candle-Light-Dinner einlade, sieht es ja vielleicht gar nicht so sehr nach kitschiger Vorabendserie aus, wie ich dachte. Ich mache das ja nur für sie!

Ehe Nachtschwester Ulla am nächsten Morgen die Station verlässt, schnappe ich sie mir. Heute Abend soll es passieren.

Und Ulla hält echt Wort.

Tag 26 oder vielmehr: Nacht 26

Heute Abend war es so weit! Ulla ist echt die Beste. Sie hatte Helene mit dem Bett ins braune Zimmer geschoben. Kinozeit,

hat sie angekündigt und uns allen 'ne DVD reingeschoben. So glotzten wir den neuen Harry Potter als Raubkopie, und sie hatte alle Zeit der Welt, um Helenes Zimmer umzugestalten. Sie liegt immer noch alleine, wahrscheinlich weil es ihr so scheiße geht. Der Film war echt spannend, trotzdem ist Helene nach 20 Minuten eingeschlafen. Macht nichts. So war sie wenigstens ausgeschlafen für unser Nachtmahl. Ulla hatte aus einem Nachttisch einen 1 a gedeckten Tisch gezaubert. Das Essen scheint sie zu Hause vorgekocht zu haben, total lieb. Auf dem Tisch standen schöne, geschmackvolle Teller, nicht das olle Wegwerfgeschirr der Klinik. Wasser und Traubensaft gab es aus echten Weingläsern. Wir hatten richtige Stoffservietten, nicht diese Papierdinger, und sogar eine Tischdecke. Das ganze Zimmer hat sie mit diesen künstlichen Teelichtern geschmückt, die fast echt aussehen, aber anstatt einer richtigen Flamme die kleinen Flammenlämpchen haben. (Echte Kerzen darf man hier nicht haben.) In einer Vase standen drei gelbe Rosen. Ulla hat sich eine kleine schwarze Schürze um ihr Schwesterngewand geschnallt und die Kellnerin gespielt.
Als wir Helene nach dem Film in ihr Zimmer schoben – dabei ist sie dann auch wach geworden –, hat sie den Mund vor lauter Staunen nicht mehr zu gekriegt. Ich bin an ihr Fußende vom Bett geklettert und den Tisch haben wir zwischen uns gezogen. Erst gab es selbst gemachte Hühnersuppe. Nicht so einen Instantkram, sondern richtig echte. Dann haben wir Nudeln mit einer superleckeren Soße bekommen. Zum Nachtisch gab's Eis. Und jetzt weiß ich tatsächlich was Helenes Lieblingssorte ist: Stracciatella! Es wird Zeit, dass ich auch auf die anderen Fragen Antworten bekomme.
Helene hat wirklich durchgehalten, und sie hat sogar etwas

gegessen, was Ulla gleich als super Therapie bewertet hat. Nach dem Essen schien sie aber ganz geschafft zu sein.
Sie lächelte müde und sagte: »Danke, Nils! Schon wieder so ein schöner Abend von dir. Mit dir ist die Gegenwart wirklich schöner als die Vergangenheit.«
Um nicht gleich anzufangen zu heulen, hab ich lieber gar nichts gesagt. Bin einfach stumm bei ihr geblieben, bis sie eingeschlafen ist.
Mal sehen, vielleicht schaffe ich es heute ja auch mal, alleine einzuschlafen, ohne Pillen.
Nils

Als ich am Vormittag bei Helene vorbeischaue, pennt sie noch. Aber ihr Gesicht sieht entspannt aus. Sie stöhnt auch nicht. Vielleicht hat ihr unser Nachtmahl ja gutgetan. Vielleicht ist das ja meine Aufgabe: Helene helfen, gesund zu werden. Vielleicht ist es das, was ich noch machen kann.

»Irgendwas kann jeder«, hat mir mein Lateinlehrer oft gesagt. Und dann angefügt: »Bei dir, Nils, ist das nur leider nicht Latein.«

Aber Helene guttun, das kann ich. Das spüre ich. Ich habe mich auf einen Stuhl an ihr Bett gesetzt, die Beine auf ihre gelegt. Was wäre wohl passiert, wenn Helene und ich uns im richtigen Leben kennengelernt hätten? Ich ahne die Antwort: nichts. Rein gar nichts. Vielleicht hätte ich »geile Schnitte« gedacht. Ich hätte sie nie im Leben angesprochen. Im Leben nicht, aber im Sterben. Leise nehme ich mir eines von ihren Fotoalben. Sie sah einfach hammerhart gut aus. Und jetzt ist sie so was wie eine Freundin von mir. Nicht meine Freundin. Aber so was Ähnliches. Und ich werde bald Schluss machen. Weil ich einfach so wegsterben werde. Ich werde sie alleine lassen. Die Wut trifft mich wie eine Abrissbirne. Haut mich fast um.

»Zeig mir doch auch mal Fotos von dir. Von früher.«

Ich habe gar nicht mitgekriegt, dass sie aufgewacht ist. Ihr Blick liegt ganz ruhig auf meinem Gesicht.

»Dann willst du nie wieder was mit mir zu tun haben«, lache ich unlustig.

»Du meinst, du warst früher schon peinlich und penetrant?«, grinst sie.

»Hast du eigentlich nie Angst?«, platzt es plötzlich aus mir raus.

Sie verschränkt die Arme, spielt mit ihren langen Fingern.

»Doch. Klar. Aber ich habe mir einfach vorgenommen, mich von der Angst nicht beherrschen zu lassen. Die hilft mir einfach nicht. Wenn ich spüre, wie sie in mir hochsteigt, dann sage ich nett Hallo zu ihr und dass sie sich wieder verpissen soll.«

»Und das klappt?«

»Manchmal muss ich ein bisschen nachhelfen. Ganz am Anfang habe ich gebellt. Wie ein Hund. Und weil das so albern ist, musste ich jedes Mal lachen. Lachen und Angst vertragen sich nicht.«

»Du hast gebellt?«

»Ja, versuch das mal. Am besten jetzt. Dann sage ich dir, ob es gut und gefährlich klingt. Ob ich mich verkrümeln würde, wenn ich deine Angst wäre.«

Ich grinse sie an und belle dann leise.

Sie lacht sich kaputt.

»Du bellst nicht. Du kläffst! Wie so ein Handtaschenwauwau. Mensch, das musst du aber noch mal üben. Damit erschreckst du nicht mal einen Hamster.«

Wir bellen uns an, und ich stelle mir gerade vor, dass ich am liebsten wie ein verspielter Hund an Helene rumschnuppern würde. An ihrem Hals, ihren Ohren, ihrem Nacken. Helenes Bellen wandelt sich in Husten. In einen gemeinen harten Husten. Ich helfe ihr hoch, damit sie besser abhusten kann. Ich streiche ihr über den Rücken, fühle unter meiner Hand ihre dünne Haut, ihre harten Knochen und ein Rasseln.

Irgendwann lehnt sie sich erschöpft zurück, ihr Atem scheppert noch.

»Wir sind echt auf den Hund gekommen, was?«

Manchmal kann ich über ihre blöden Witze nicht lachen.

In meinem Zimmer wartet schon Besuch auf mich. Mein Vater sitzt an meinem leeren Bett.

»Du siehst aber scheiße aus«, begrüße ich ihn. Wahrscheinlich denkt er das Gleiche über mich.

»Schönen Dank. Ich freue mich auch, dich zu sehen.«

»Hast du gestern gesoffen, oder was?«

»Mum und ich haben lange zusammengesessen und geredet.«

»Und gesoffen.«

»Nein. Wir haben sehr lange geredet und da ist es spät geworden. Und wenn du es genau wissen willst: Ja, danach habe ich noch ein paar Bier getrunken, damit ich überhaupt irgendwie schlafen kann.«

»Alkohol ist auch keine Lösung«, sage ich altklug.

»Manchmal ist kein Alkohol auch keine Lösung«, antwortet er traurig.

Das Gespräch gefällt mir nicht.

»Wir haben übrigens über deinen Vorschlag gesprochen, falls es dich interessiert.«

»Und? Was spricht man da so?«

Ich habe Angst. Angst, dass er jetzt sagt, dass ich doch zu ihm ziehen muss. Ich überlege kurz, ob ich ihn anbellen soll. Lass es dann aber.

»Wir werden zustimmen, dass du hierbleiben kannst. Wir werden sagen, dass wir uns nicht ausreichend um dich kümmern können.«

Die Stimme von meinem Vater zittert. Seine Hände kneten sich gegenseitig.

»Danke.«

»Es fällt uns unendlich schwer, das kannst du dir vielleicht vorstellen. Alles in mir schreit eigentlich, dass wir dich nach Hause holen müssen, aber wir versuchen, deinen Wunsch zu akzeptieren. Es gibt nur eine Bedingung.«

»Und die wäre?«

»Mum und ich möchten ab und zu mal hier bei dir schlafen.«

»Warum? Was soll der Mist? Das ist doch kein Hotel.«

»Das wissen wir. Wir erwarten auch keinen Zimmerservice. Aber du willst hier noch das bisschen Selbstständigkeit leben, das du im richtigen Leben nie haben wirst. Eigene Wohnung oder WG oder so was. Du willst dich von uns lösen, weil du die Zeit nicht hast, um zu warten, bis es der richtige Zeitpunkt sein wird. Wir hatten aber auch Träume mit dir, die wir jetzt beerdigen können. Und einen Hauch davon möchten wir noch umsetzen.«

Mein Vater zuckt bei dem Wort »beerdigen«.

Ich falle ihm hastig ins Wort, damit sich das Wort gar nicht erst ausbreiten kann.

»Was sind das für Träume?«

»Ich habe mir früher immer vorgestellt, wie wir mal zusammen eine Weltreise machen. Oder zumindest eine lange Tour. Wie wir abends irgendwo am Lagerfeuer sitzen, Bier trinken und quatschen.«

»Ich weiß ehrlich gesagt nicht, ob wir hier im Zimmer ein Lagerfeuer machen dürfen. Ich glaube eher nicht.«

Mein Vater versucht zu grinsen.

»Und was ist mit Bier?«

»Na ja, schlimmere Nebenwirkungen als meine Morphiumpillen kann es ja eigentlich nicht haben.«

Wir starren beide vor uns hin. Ich weiß nicht, was ich von dieser Bedingung halten soll. Eine Frage schiebt sich schließlich nach draußen.

»Und was hat Mum so für Träume, die sie umsetzen will?«

»Du kennst doch Mum. Natürlich hatte sie irgendwann mal den Traum, dass sie Oma wird.«

»Das schaffe ich nicht mehr.«

Er redet einfach weiter.

»Aber eigentlich will sie ja nur bei dir sein. Dich sehen und halten.«

»Dabei kann sie es kaum ertragen, oder?«

Meine Stimme klingt, als hätte ich meine Bettdecke im Mund.

»Ja. Sie kann es kaum ertragen. Sie schläft seit Wochen auf deiner Schlafcouch. Behauptet, Maja habe nachts so schlimme Albträume, deswegen wolle sie in ihrer Nähe sein.«

»Sie schläft auf meiner Couch?«

»Ja. In deiner Bettwäsche. In deinem Schlafshirt.«

Er sieht mich an.

»Ich hätte dir das nicht sagen sollen. Entschuldigung.«

Er reicht mir eine Packung Taschentücher.

»Vielleicht hätte der Boll mir das nicht sagen sollen. Dass sie nichts mehr für mich tun können und so. Vielleicht wäre das das Beste gewesen.«

»Wärst du wirklich lieber belogen worden? Das wäre doch auch nicht fair.«

»Fair? Was ist schon fair? Es gibt keine ausgleichende Gerechtigkeit. Vergiss es. Manche haben einfach Pech. Ich gehöre offenbar dazu.«

»Kann ich Mum sagen, dass du dich auf unsere Bedingung einlässt?«

Ich nicke. Ich habe ja eh keine andere Wahl. Als er endlich weg ist, kommen die Tränen mit aller Wucht. Tränen haben unterschiedliche Temperaturen. Manche sind lau. So körperwarm eben. Die hier sind ganz heiß. Sie überholen sich fast gegenseitig. Ich sehe meine Mum in meinem ausgeleierten Schlafshirt. Ihren Wuschelkopf auf meinem Kissen. Auf meiner Couch, auf der ich nie wieder schlafen werde. Diese Endgültigkeit macht mich fertig. Ihre Trauer macht mich fertig. Als wäre meine noch nicht genug. Ich würde gerne wie Helene in den glücklichen Erinnerungen abtauchen. Meine tun nur weh. Weil ich immer wie einen Glockenschlag die zwei Worte dazu höre »Nie wieder. Nie wieder. Nie wieder.«

Als ich mir in der Nacht zum dritten Mal Schlaftabletten bei Ulla abholen will, bleibt ihr Schatzkästlein mit den vielen Pillen zu.

»Manchmal kann man es nicht erzwingen, Nils. Bleib lieber hier und hilf mir.«

Sie sitzt im Schwesternzimmer und schneidet Pappsterne aus.

»Was soll denn das geben?«, frage ich mürrisch. Basteln stand nämlich nicht auf meiner Liste, was ich noch alles machen möchte.

»Auf der Sieben liegt seit gestern die kleine Charlotte. Sie hat fürchterliche Angst. Vor allem im Dunkeln. Ich will die Sterne mit so einer Phosphorfarbe anmalen und ein riesiges Mobile für sie basteln. Vielleicht hilft ihr das.«

Bis fünf Uhr morgens schneide ich große und kleine Sterne aus. Kurz bevor ich ins Bett gehe, frage ich leise.

»Darf ich ein paar Sterne für Helene haben?«

Schwester Ulla grinst mich an.

»Natürlich. Auf die Frage warte ich schon seit Stunden.«

Um kurz nach sechs habe ich den letzten Stern auf durchsichtiges Nylonband geklebt und kann endlich einschlafen.

Als es am Nachmittag an meiner Tür klopft, habe ich Schiss. Schiss, dass es meine Mutter ist. Ich weiß nicht, ob ich das jetzt aushalten kann. Es sind aber Jan und Alex. Mit denen hatte ich überhaupt nicht mehr gerechnet. Als sie weg sind, schmeiße ich mal wieder meinen Rechner an.

Tag 28

Hi Laura,
ich sag es Dir, es geschehen noch Zeichen und Wunder! Heute waren tatsächlich Jan und Alex da, die Saftsäcke! Hat ja auch geregnet, da ist es egal, ob man im Krankenhaus oder in irgendeiner Bude abhängt. Es ist, als ob zwei verschiedene Welten aufeinanderprallen. Die Welt da draußen, mit der ich immer weniger zu tun habe, und unser Stationsalltag, in dem man sich so gut vor den Leuten der anderen Welt verstecken kann. Hab mich trotzdem voll gefreut, sie zu sehen. Erst wussten wir nicht, was wir miteinander labern sollten. Wir sind dann einfach ins braune Zimmer gegangen und da saß Merlin schon an der Wii und wartete auf Opfer. Na ja, Zocken zieht immer. Egal ob in der Welt da draußen oder hier drinnen.

So haben wir einer nach dem anderen gegen Merlin abgeloost und sauviel Spaß gehabt! Jan und Alex hatten eiskalte Coke und noch mehr Schokoeis dabei. Die haben wir uns dabei reingezogen. Cool! Fast wie früher, man muss nur die Augen so weit zusammenkneifen, dass man das Drumherum nicht sieht: die Tropfständer, das bunte Flackern an den Infusionen, die Glatzen überall, die weißen Kittel, die immer mal wieder reingeschneit kommen, um irgendwelche Pumpen neu einzustellen. Wenn man sich das alles wegdenkt, dann sieht man nur vier Jungs auf einem weichen Sofa mit Cola, Eis und Lenkrädern. Dann ist für einen kurzen Moment die Welt in Ordnung und fast normal. Aber was heißt schon normal?
Zum Abschied hab ich noch mal gesagt, wie cool es war, dass sie da waren. Die darauf: »Ey Alter, geht klar, bis bald!« Ob sie das ernst meinen? Ob sie nicht wieder bis zum nächsten Regenguss warten, um vorbeizukommen?
Es gibt halt doch draußen Dinge, die ich vermisse: die Jungs, Mums Frühstück, ein paar Leute aus der Penne, mein Bett bei Dad, endlich keinen Sterilium-Geruch mehr in der Nase zu haben ... Aber es gibt auch so vieles, auf das ich in den letzten Tagen meines Lebens überhaupt keinen Bock hab. Thomas und Maja, allein sein in Dads Wohnung, die fragenden komischen Blicke der Nachbarn ...
Werd mal lieber nach Helene sehen. Hab heute gar nichts von ihr mitbekommen.
Mach's gut, Schwesterherz,
Nils

Helene ist natürlich ein bisschen irritiert, als ich bei ihr direkt mal die Rollläden runterlasse. Aber im Hellen wirkt meine Sternenkette ja nicht die Bohne. Als sich die Augen langsam an die Dunkelheit gewöhnt haben, treten die Sterne in den Vordergrund. Ich habe die Kette kreuz und quer unter der Decke festgemacht. In allen Ecken funkelt es.

»Jetzt kann ich jeden Abend unterm Sternenhimmel einschlafen«, stellt Helene fest. Sie ist richtig gerührt.

»Glaubst du eigentlich an den Himmel?«, will sie wissen.

»Ich würde es gerne. Echt. Aber ich habe Schiss, dass das nur Fake ist.«

»Ich bin sicher, dass es danach weitergeht. Dass noch was kommt«, behauptet Helene, und ihre Stimme ist erstaunlich fest.

»Wie kannst du dir so sicher sein?«

»Überleg doch mal. Das menschliche Gehirn ist so kompliziert und so leistungsstark. Es wäre doch total bescheuert, das nach ein paar Jahrzehnten verfaulen zu lassen. Vor allem, weil wir ja nur einen Bruchteil des Gehirns nutzen. Ich glaube, der Rest ist für das Leben danach zuständig. Wer weiß, was uns noch erwartet.«

Sie klingt überzeugend. Sie scheint sich ihrer Sache beneidenswert sicher zu sein.

»Außerdem will ich, dass es weitergeht. Ich kann mir nicht vorstellen, dass mit dem Tod einfach die Lichter ausgehen und alles, alles vorbei ist. Den Gedanken ertrage ich einfach nicht«, gibt sie zu.

Sie glaubt, dass es weitergeht, weil sie will, dass es weitergeht. Auch eine Einstellung.

Wir starren weiter an die Decke.

Das Rasseln ihrer Lunge wird flacher, langsamer. Sie ist eingeschlafen.

Im Dunkeln nehme ich ihre Hand.

»Du kommst in den Himmel. Das weiß ich.«

Die Schlange am Kiosk ist wie jeden Morgen lang. Ich stelle mich mit meiner Zeitschrift brav hinten an. Vorne bezahlt offenbar ein kleiner Junge mit Ein- und Zwei-Cent-Münzen einen Berg von Süßigkeiten. Ich habe Zeit, mir das Treiben in der Eingangshalle anzusehen. Patienten, die heute entlassen werden, sitzen mit ihren dicken Taschen und einem großen Umschlag für den Hausarzt auf Plastikstühlen. Alle warten ungeduldig auf ihre Abholer. Alle wollen so schnell wie möglich hier weg. Andere, die noch bleiben müssen, schieben ihre störrischen Infusionsständer herum. Im besten Fall tragen sie Jogginganzüge. Meist nur fleckige Bademäntel. Mein Blick bleibt an Theresa hängen. Sie sitzt vor einer grauen Wand in einer Ecke der Halle. Über ihr klebt ein Bild. Sie scheint auf irgendwas zu warten. Als ich endlich bezahlt habe, schlendere ich zu ihr rüber. Sie sieht einmal mehr aus wie ein gerupfter Wellensittich. Zerbrechlich und federleicht.

»Was machst du hier?«, frage ich sie.

»Ich gebe Autogramme. Immerhin bin ich doch jetzt das Krankenhaus-Model.«

Ich gucke mir das Bild über ihr an. Mit Tesafilm hat sie ihr Gewinnerfoto an die Wand gepappt. Das alberne Foto von unserem Model-Wettbewerb. Ich lasse den Blick nach unten gleiten. Gucke Theresa irritiert an. Sie guckt starr geradeaus, in der rechten Hand hat sie einen Kugelschreiber.

Sie meint das ernst. Sie wartet wirklich darauf, dass jemand kommt und ein Autogramm von ihr will. Ich weiß nicht, wie lange sie da schon sitzt. Aber sie wirkt von Sekunde zu Sekunde unglücklicher.

»Dann will ich nicht weiter stören«, sage ich fröhlich und mache mich auf den Weg nach oben. Ich weiß, dass ich jetzt schnell sein muss. Als ich oben ankomme, rast mein Herz, und Blut schießt aus meiner Nase. Ich hätte doch auf den Kackaufzug warten sollen. Ich hole mir eine Rolle Klopapier von der Besuchertoilette, damit ich nicht den ganzen Flur einsaue, und gehe direkt ins braune Zimmer. Ein paar spielen Karten, andere hängen vor der Glotze.

»Einsatz!«, sage ich laut und stelle mich vor den Fernseher.

Ehe jemand maulen kann, erzähle ich, was los ist. Dass Theresa sich gerade nicht nur total lächerlich macht, sondern auch noch total unglücklich. Dass sie da sitzt, sich krampfhaft an ihrem Kugelschreiber festhält und keine Sau sich um sie kümmert. Schnell habe ich acht oder neun Leute mobilisiert. Im Aufzug schmieden wir den Plan. Ein paar sollen direkt zu Theresa gehen, sich um sie versammeln, lautstark Autogramme verlangen. Wo schon Leute stehen, kommen schnell neue dazu. Andere sollen laut darüber reden, dass DIE Theresa tatsächlich da wäre und tatsächlich ihre Wette einlöst und Autogramme verteilt. Sophie und Meike sind natürlich auch mit von der Partie. Sie postieren sich ein paar Meter von Theresa weg und diskutieren unüberhörbar, dass selbst diese Topmodels ohne Schminke ja total unscheinbar aussehen würden. Es dauert ein bisschen, aber es wirkt. Zögernd kommen ein paar Leute heran. Viele hier haben Zeit. Mehr Zeit, als ihnen lieb ist. Sie lassen sich nur zu gerne ablenken. Theresa setzt ihren Namen auf Gipsarme, auf Zeitungen und sogar auf einen Handrücken. Als Theresa irgendwann erschöpft aufsteht, wankt sie ein bisschen. Ich stütze sie schnell. Hoffentlich kommt sie morgen nicht auf die Idee, ein Meet & Greet zu veranstalten.

Natürlich muss ich das erst mal Helene erzählen. Viele Dinge in letzter Zeit werden erst dadurch komisch oder tief oder wichtig, weil ich sie Helene erzählen kann. Sie ist nicht da. Noch nicht mal ihr Bett ist da. Ein paar Wollmäuse huschen durchs Zimmer. Ansonsten ist hier nichts.

Mir fällt ein Hund ein, an dem ich auf dem Schulweg immer vorbeigekommen bin. Der hatte ein Stachelhalsband. So ein Halsband fühle ich jetzt, fühle, wie es sich zuzieht. Beim Schwesternzimmer halte ich mich nicht erst mit Anklopfen auf.

»Wo ist Helene?«, werfe ich in den Raum.

Spielschwester Anni, die gerade eine ihrer Bespaßungsaktionen vorbereitet, legt mir eine Hand auf die Schulter. Eine Geste, die ich hasse.

»Sie ist zu einer Untersuchung. Reg dich nicht auf.«

»Musste sie da schlafend hin oder warum ist sie im Bett abgeholt worden?«

»Es ging ihr nicht so besonders. Da haben wir sie eben im Bett runtergeschickt.«

»Was ist denn das für eine Untersuchung?«

Irgendwas stimmt hier nicht. Helene hatte mir nichts von weiteren Untersuchungen erzählt.

»Frag sie doch einfach nachher. Zum Mittagessen ist sie wieder oben.«

Endlich nimmt Anni ihre schwere Hand von meiner Schulter. Ich gehe in Helenes Zimmer, setze mich auf einem Stuhl mitten in den Raum und warte. Seit wann steht Helene nicht mehr auf? Seit wann setzt sie sich noch nicht mal mehr in den Rollstuhl? Was wütet da in ihrem Bauch und wird größer und größer, lähmt ihre Beine und kratzt an ihrer Lunge? Alle paar Minuten muss ich die Position wechseln. Mein Rücken fühlt sich an, als wollte er durchbrechen. Meine Oberschenkel schreien auf der harten Sitzfläche. Mein Nacken wird steif. Bei jeder Bewegung wird die Wollmaus-Armee aufgeschreckt. Als irgendwann die Tür aufgeht, schrecke ich mit ihr zusammen hoch. Ich war wohl kurz weggedöst. Das Bett wird quietschend reingeschoben. Helene schläft. Ihre Konturen verlieren sich fast in der weißen Bettwäsche. Ihre fahle Glatze, ihre durchsichtige Haut, die paar Kilos unter der Decke, die sich kaum abzeichnen. Sie sieht aus, als würde sie sich auflösen. Da sind keine Linien, keine Markierungen. Der Zivi, der sie gebracht hat, ist sofort wieder raus. Ich hieve mich von dem Stuhl auf ihr

Bett, lege mich auf ihr Fußende. Viel Platz brauche ich ja auch nicht mehr. Ich habe Angst, dass sie ganz verschwindet, wenn ich nicht auf sie aufpasse, sie nicht halte.

Eigentlich wollte ich ja weg sein, ehe sie wach wird. Doch als ich die Augen aufmache, sind ihre schon da. Gucken mich ganz ruhig an.

»Hallo, Schlafmütze«, grinst sie.

»He.«

Ich lasse mich langsam wieder auf den Stuhl rutschen. Ganz beiläufig. Als hätte ich nicht gerade halb auf ihr draufgelegen.

Ich bin nur heilfroh, dass ich mich heute Morgen in meine Jeans gequält habe. Da sieht sie jetzt wenigstens meine Latte nicht. Das wäre ja megapeinlich. Ich weiß gar nicht, ob das vom Schlafen kommt oder von Helene.

»Wo warst du heute Morgen?«

Sie guckt verdutzt.

»Du klingst ein bisschen wie mein Vater früher.«

»Weich nicht aus.«

»Ich war noch mal zu Untersuchungen. Die wollen mich eben genau checken, ehe sie ihr Wunderzeug in mich reinpumpen.«

Ich glaube ihr nicht.

Ich glaube ihr kein Wort.

»Und solche Untersuchungen kommen ganz plötzlich. Ohne jede Vorwarnung. Quasi wie Dopingtests. Ohne Anmeldung.«

»So ungefähr.«

Sie hält meinem Blick stand.

»Und was haben diese Untersuchungen ergeben?«, hake ich nach.

»Dass es mir erst noch ein bisschen besser gehen muss, ehe wir starten können.«

»Noch besser? Das wäre ja kaum auszuhalten, was?«

Unsere Blicke verfangen sich ineinander. Ich bin irgendwie wütend, weil sie mich so anlügt. Ihre Augen gucken mich verbissen an. Irgendwann wiederholt sie die Worte.

»Ja, das wäre kaum auszuhalten.«

Da bricht ihr Blick und ihre Stimme. Aus ihrer Verbissenheit wird Verzweiflung. Ihre Augen schreien um Hilfe, ertrinken fast.

Ich nehme sie in den Arm. Nach kurzer Zeit ist mein T-Shirt aufgeweicht. Es dauert, bis sie endlich reden kann. Von den Schmerzen, die stärker und fieser werden. Von den neuen Metastasen, von dem Scheißtumor, der mit kranken Zellen nur so um sich wirft. Der Streubomben sät. Irgendwann flüstert Helene nur noch.

»Nils, ich werde nie mehr hier rauskommen. Irgendwann wirst du gehen und mich hier zurücklassen. Ich habe so eine Angst.«

Ich streichle ihre Hand, die bleiche Pergamenthaut.

»So schnell wirst du mich nicht los«, sage ich irgendwann und hoffe so sehr, dass ich damit recht habe.

Mein Vater macht direkt Ernst. Am Abend steht er plötzlich mit seinem Schlafsack und einer Tasche bei mir im Zimmer. Gut, dass Tobi für ein paar Tage zu Hause ist. Da ist es nicht ganz so eng zu dritt. Ein Zivi baut ein Feldbett neben meinem Bett auf. Ich musste während eines Pfadfinderlagers mal auf so einem Bett schlafen. Die sind echt nicht bequem. Drei Nächte darauf und mein Dad ist ein Fall für die Orthopädie. Wir setzen uns an den kleinen Tisch, essen zu Abend. Mein Vater hat ein paar Fertigsalate, kalte Frikadellen und Brötchen mitgebracht. Fehlen nur noch die karierte Tischdecke und Capri-Sonne. Ich versuche nicht zu grinsen. Es scheint wichtig für ihn zu sein. Als wir endlich alles aufgegessen haben, ist es gerade mal halb acht.

»Und was macht man jetzt hier so?«, will er wissen.

Ich könnte jetzt so viel sagen.

Dass das die schlimmste Zeit ist. Wenn der Tag auf die Zielgerade geht und der nackten Angst geradewegs in die Arme läuft. Dass man versucht, den eigenen Gedanken auszuweichen. Dass man sich anstrengen muss, von der nackten Panik nicht angesprungen zu werden.

»Manchmal gucken wir fern, oder wir spielen Karten«, sage ich.

Wir finden Merlin, der mit uns eine Runde Skat spielt. Das absolute Altherrenspiel. Grässlich. Irgendwann liegen wir endlich im Bett. Mein Vater guckt von seinem Lager zu mir hoch.

»Ich habe uns noch was mitgebracht.«

Aus seiner Tasche holt er zwei Dosen Bier, die er original in braune Papiertüten eingepackt hat. Wie so Penner in den USA. Auffälliger geht es kaum. Eigentlich mag ich Bier pur nicht so gerne. Warmes schon mal gar nicht. Aber das gehört nun mal zu der Vater-Sohn-Romantik meines Dads. Also tue ich ihm den Gefallen und fühle mich unendlich albern. Erst als es langsam dunkler wird, ich ihn nur noch schemenhaft erkenne, wird es erträglicher.

»Wie findest du Thomas eigentlich?«, frage ich irgendwann.

»Ist doch ein ganz netter Typ. Sehr gewissenhaft, glaube ich. Sehr zuverlässig.«

Ich muss echt grinsen.

»Du meinst, er ist spießig und langweilig, oder?«

»Er ist halt irgendwie anders als ich. Konstanter und so.«

»Und weil er so eine sichere Bank ist, hast du ihm gerne deine Frau überlassen, oder was?«

»Nils, was willst du denn jetzt von mir hören?«

»Einfach die Wahrheit. Ich finde euer freundliches, höfliches Getue nämlich albern.«

»Okay. Ich finde, Thomas ist der absolute Langweiler. Eine fleischgewordene Schlaftablette. Meiner Meinung nach hat er so viel Energie wie ein Toastbrot. Er ist so aufregend wie ein Bausparvertrag. Er hat die Ausstrahlung eines Opel Kadetts. Ich könnte wahnsinnig werden, wenn ich mir vorstelle, dass deine Mutter diese Schnarchnase nun ertragen muss. Bist du jetzt zufrieden?«

»Das klang doch wenigstens mal ehrlich. Wieso hast du Mum denn dann damals einfach gehen lassen. Warum hast du nicht um sie gekämpft?«

Er zögert die Antwort raus, nimmt einen langen Schluck.

»Vielleicht war ich zu stolz oder einfach zu naiv. Zwischen deiner Mutter und mir hat es oft geknallt. Aber wir haben immer wieder zusammengefunden. Das war anstrengend und manchmal sogar verletzend, aber es war auch sehr lebendig. Als sie plötzlich was von einem anderen Mann faselte, habe ich das nicht ernst genommen. Vor allem weil ich Thomas ja kannte. Ich konnte mir echt nicht vorstellen, dass sie sich ernsthaft für einen Typen interessiert, dessen Traum es ist, Beamter auf Lebenszeit zu werden. Und irgendwann war es dann zu spät. Ich habe den Moment verpasst, in dem ich noch um sie hätte kämpfen können.«

»Würdest du sie gerne zurückhaben?«

»Manchmal ja. Im Ernst. Manchmal sehne ich mich ganz verzweifelt nach ihr. Dann fehlen mir sogar unsere Streits. Aber als mir klar wurde, dass ich sie verloren hatte, habe ich angefangen, um dich zu kämpfen. Ich hatte totalen Schiss, dass sie dich mitnimmt, vielleicht in eine andere Stadt, und ich dich nur noch alle zwei Wochen mal am Samstagnachmittag sehe. Ich hatte den absoluten Horror, dass ich so ein Scheiß-Besuchsvater werde und dich abwechselnd zum Zoo oder zu McDonald's schleppe. Ich war so froh und dankbar, dass du geblieben bist. Das hat es mir leichter gemacht, auf sie zu verzichten.«

Wahrscheinlich denken wir jetzt beide das Gleiche. Dass er bald ganz alleine dasitzt. Ohne sie. Ohne mich.

»Ich muss mal pissen«, sage ich, ehe die Stille mir die Ohren sprengt.

Es dauert am nächsten Tag echt lange, bis der Geruch meines Vaters verflogen ist. Eine Mischung aus Testosteron und seinem Aftershave wabert bist zum Mittag durch mein Zimmer. Früher habe ich diese Mischung geliebt. Jetzt macht sie mich irgendwie weich. Vorm Schwesternzimmer sehe ich Helenes Eltern stehen. Aus der Nähe sehe ich, dass Helene ihrem Vater wie aus dem Gesicht geschnitten ist. Die beiden wirken unsicher, nervös. Helene hat gar nicht erzählt, dass ihre Eltern kommen wollten. Sie sehen müde aus. Wahrscheinlich auch von der langen Fahrt. Vielleicht machen sie auch Urlaub in der Gegend und sind deswegen mal vorbeigekommen, rede ich mir ein. Vom braunen Zimmer aus checke ich den ganzen Vormittag aus die Lage. Erst reden Helenes Eltern mit einer Schwester, dann werden sie in Bolls Zimmer geführt. Mit dem zusammen schließlich gehen sie zu Helene, bleiben lange da. Der Boll ist schon nach einer halben Stunde wieder raus in sein Büro, aber die Eltern bleiben sogar übers Mittagessen. Erst gegen drei Uhr machen sie sich mal auf den Weg. Richtung Hotel. Oder Bayern. Oder was weiß ich. Hauptsache, Helene bleibt hier. In mir wächst ein Kackgefühl: Die wollen Helene mitnehmen. Die Behandlung hier bringt's nicht und die wollen ihr Töchterchen wieder einpacken.

Der Stuhl an ihrem Bett ist noch ganz warm.

»Gehst du?«

Sie guckt in meine Augen, aber sieht mich nicht an. Mir wird kalt.

»Helene! Wirst du entlassen? Nehmen deine Eltern dich mit?«

Sie schüttelt den Kopf.

»Nils, kannst du nicht für mich ein bisschen an ein Leben nach dem Tod glauben?«

»Ich kann's versuchen.«

Sie nickt leicht. Das scheint ihr zu reichen.

»Warum sind deine Eltern hier?«

Sie hat sich einen verfilzten Teddybären auf den Bauch gesetzt, guckt ihn interessiert an.

»Sie wollen reden. Alle wollen immer reden. Ist dir das schon mal aufgefallen? Was sie im Überfluss für uns haben hier, sind Worte. So viele Worte. Wenn Worte wirklich helfen könnten, wären wir hier schon alle lange gesund.«

Ihr Ton gefällt mir nicht. Die vielen verrotzten Tempos im Mülleimer gefallen mir auch nicht.

Ihre Stimme ist rau.

»Im Kino bin ich immer sitzen geblieben, bis das Licht wieder angeht. Ich habe mir immer noch den ganzen Nachspann angeguckt. Ich habe die Leute gehasst, die immer gleich aufspringen, sobald der Film aufhört. Ich glaube, das hier ist jetzt der Nachspann. Der gehört auch dazu, weißt du?«

»Manchmal kommen ja dann auch noch total gute Szenen«, sage ich schnell.

Sie guckt weiter ihren Teddy an.

»Ja, manchmal.«

Ich rufe meine Mutter an. Ich fasele was von »Das Feldbett steht ja noch da« und »wäre doch eine gute Gelegenheit« und so. Sie kommt. Spät, aber sie kommt. Ich sehe ihr zu, wie sie auf dem Parkplatz aus dem Auto steigt. Wie sie stehen bleibt, auf das Krankenhaus starrt. Ich kann fühlen, wie sie den letzten Mut aus all ihren Ecken zusammenkratzt. Es geht mir ähnlich. Als sie reinkommt, legt sie gleich los. Sie fängt an zu erzählen, von Maja und was die wieder Unmögliches gemacht hat. Von ihrem blöden Arbeitskollegen. Von der intriganten Nachbarin.

Ich unterbreche sie.

»Mum, du musst nicht stark sein. Du musst nur da sein.«

Sie guckt mich verzweifelt an.

»Du fehlst mir jetzt schon so«, stößt sie irgendwann raus.

Ich nicke. Ich weiß genau, was sie meint.

Wir versuchen wenig zu schlafen in dieser Nacht. Wie zwei Löffel liegen wir in meinem Bett und reden. Sie erzählt mir all die Dinge, die ich schon weiß und so gerne höre. Wie ich ihr mit drei den ersten Heiratsantrag gemacht habe, wie ich ihr mit fünf Jahren im Schlaf eine fette Locke abgeschnitten und im Kindergarten verkauft habe. Wie ich beim Schulausflug im Zoo in den Affenkäfig klettern wollte, um mit denen zu turnen. Wie ich das erste Mal von zu Hause abhauen wollte, dann aber doch geblieben bin, weil es zum Abendessen Bratäpfel gab. Wie ich mit dem neuen Skateboard zur Schule gefahren und ohne Schneidezahn wiedergekommen bin.

Ich kuschele mich in die Erinnerungen, lasse mich in ihre Worte fallen.

Manchmal dauert es etwas, bis Mum die Geschichten zu Ende erzählt hat. Manchmal fehlt mittendrin die Stimme. Dann fühle ich, wie es warm und feucht in meinen Nacken tropft.

Irgendwann seufzt sie tief.

»Nils, warum tun wir das? Es tut so weh.«

»Wenn man an einem schlimmen Unfall vorbeifährt, will man ja auch nicht hingucken. Man tut es trotzdem.«

»Ich will nicht, dass du dein Leben mit einem Autounfall vergleichst.«

Sie macht eine Pause.

»Du warst wirklich kein Unfall. Du warst so was von gewollt. Das war schon fast harte Arbeit.«

Sie lacht leise und trocken. Ganz kurz. Dann erstickt sie ihr Schluchzen im Kissen.

Gegen Morgen müssen wir doch eingeschlafen sein. Als uns die Schwester mit dem Frühstück weckt, kommen wir nur mühsam zu uns. Beim Frühstück gucken wir uns wortlos an, und mir wird klar, dass ich ihr noch nie so nah war. Und dass ich mich noch nie so erwachsen gefühlt habe. Als sie ihre Tasche packt, gebe ich ihr mein Schlafshirt.

»Vielleicht kannst du das mal waschen.«

Sie nimmt es vorsichtig, und ich weiß schon jetzt, sie wird es nicht waschen. Viel mehr kann ich ihr nicht mehr geben. Ich bin froh, als sie gegangen ist. Die Schmerzen kommen mit großen Schritten. Ich versuche flach zu atmen. Warte, bis die Medikamente endlich wirken.

Es ist schon Mittag, als ich aus einem komatösen Zustand wieder aufwache. Es dauert, bis die schlimmste Benommenheit von mir abfällt, sich der Nebel der Schmerzmittel ein bisschen lichtet. Mir wird leicht schwindelig, als ich aufstehe. Bei Helene sind die Vorhänge zugezogen. Durch den braunen Stoff kommt nur wenig Licht herein. Wie durch einen Weichzeichner verschwimmen die Konturen. Wie sie so daliegt, erinnert mich das fast an eine vergilbte Schwarz-Weiß-Fotografie. Ich setze mich leise auf den Besucherstuhl. Erst als sie »Komm doch hoch« flüstert, merke ich, dass sie wach ist.

Ich klettere auf ihr Bett, lehne mich mit dem Rücken an die Wand. Unsere Beine liegen über Kreuz. Irgendwann traue ich mich. Die Frage lässt mich einfach nicht los.

»Was wäre eigentlich gewesen, wenn wir uns im richtigen Leben kennengelernt hätten?«, frage ich leise.

»Das hier ist richtiges Leben«, behauptet sie.

Ich sage nicht, dass es für mich hier um richtiges Sterben geht. Ich will das Wort nicht aussprechen. Helene tut es.

»Sterben gehört dazu. Zu jedem Leben. Irgendwann.«

Ich weiß echt nicht, woher sie ihre Ruhe nimmt. Was sie mit ihrer Wut macht, mit ihrer Trauer, mit ihren Ängsten.

»Okay. Was wäre also gewesen, wenn wir uns außerhalb des Krankenhauses kennengelernt hätten? Hätten wir uns gemocht?«

»Stehst du auf Mädchen mit langen Fingernägeln, die immer zu zweit aufs Klo rennen? Auf Mädchen, die Pferdebilder in ihrem Zimmer aufhängen und vorwiegend pink mit Glitzer tragen?«

»Nein. Definitiv nicht.«

»Gut, dann hätten wir uns vielleicht gemocht.«

»Auf was für Typen stehst du denn?«

»Auf Jungs, die auch mal die Klappe halten können. Die schweigen können, ohne dass es peinlich ist. Die ein romantisches Essen bei Kerzenschein nicht kitschig finden und die beim Ärzte-Konzert keine Luftgitarre spielen. So Typen wie dich eben. Nur längere Haare fände ich ganz gut.«

»Ich auch«, grinse ich und verrate nicht, ob ich ihre oder meine Haare meine.

»Legst du die CD mal ein?«

Natürlich weiß ich, was sie meint.

»Du hast nur dieses eine Leben
Wenn's vorbei ist, ist's vorbei
Nimm's nicht so schwer – denn das Wichtigste ist doch:
Du hattest eine schöne Zeit – eine herrliche Zeit

Klammer dich nicht so an gestern
Heut ist auch ein schöner Tag
Hab keine Angst – es könnte sehr viel schlimmer sein
Schließ die Augen und sei stark«

Helene schließt wirklich die Augen.

»Meinst du, es könnte schlimmer sein?«, frage ich sie.

Sie antwortet sofort.

»Klar. Stell dir vor, du hättest nie eine schöne Zeit gehabt und müsstest gehen, das wäre doch total kacke. Stell dir vor, du könntest dich an keinen schönen Erinnerungen festhalten! Denk mal an die ganzen Leute, die immer nur für die Zukunft leben. So nach dem Motto: Wenn ich erst mal 18 bin, wenn die Kinder erst mal groß sind, wenn ich erst mal von der Alten geschieden bin oder wenn ich erst mal in Rente bin, dann wird alles besser. Stell dir vor, die müssen mittendrin gehen, die fühlen sich doch total verarscht.«

Sie ist atemlos nach den vielen Worten. Sie hustet zweimal und es rasselt laut. Die Kraft, den Schleim abzuhusten, hat sie nicht mehr.

Nach ein paar Minuten spüre ich, wie ihre Beine unter meinen schwer werden. Sie ist wieder eingedämmert. Vielleicht träumt sie ja von schönen Erinnerungen.

Ich nutze die Ruhe in mir und die Klarheit und klappe in meinem Zimmer sofort meinen Laptop auf. Vielleicht habe ich ja jetzt die Kraft dazu.

Tag 31

Liebe Laura,
es ist schon wieder so viel passiert. Ich weiß gar nicht, wo ich anfangen soll. Dad hat hier übernachtet und Mum auch. Es waren zwei sehr schöne, innige Nächte. Wir haben viel gequatscht und waren uns nah wie nie. Wie viele Monate dauert es, bis du wieder hier bist? Ich glaube, wir könnten auch ein bisschen Zeit miteinander gebrauchen. Aber ich möchte dir auf keinen Fall deinen Amerika-Traum zerstören. Komm doch einfach mal 'ne Woche zu Besuch, geht das?
Ich merke die scheiß Krebszellen jetzt immer öfter, wie sie sich in meinen Knochen festsetzen, ausbreiten. Immer öfter tut mir alles weh, und ich versuche, mich mit Morphin zu betäuben. Es ist schwer, das Gleichgewicht zu finden: nicht so viel, dass ich die ganze Zeit schlafen muss, aber auch nicht so wenig, dass die Schmerzen mich handlungsunfähig machen. Ich will ja noch mitkriegen, was hier passiert.
Ich will Helene mitkriegen. Ich habe Angst, dass sie doch vor mir geht. So schlecht wie ihr geht es mir nicht. Sie ist nur noch wie ein Windhauch, als würde sie einfach weggepustet. In einem Moment ist sie mir so nah und dann ... Sie schläft viel, bekommt kaum noch selber Luft ... Wie und wo soll ich denn die Zeit, die mir bleibt, ohne sie verbringen? Sie hilft mir, stark und schwach zu sein. Der Gedanke, nach dieser Zeit mit ihr Abschied nehmen zu müssen, schnürt mir die Kehle zu.

Laura, es tut mir so leid, dass ich mich so lange nicht bei dir gemeldet habe. Aber ich hatte auch davor irgendwie Angst. Jetzt denke ich, es wird Zeit. Du sollst auch die Chance haben,

noch antworten zu können. Die Gespräche mit Mum, Dad und auch die mit Helene tun gut. Obwohl ich mir das nie hätte vorstellen können. Du bist mir auch sehr wichtig, vergiss das nie!
Ich vermisse dich und hab dich sehr lieb, große Schwester. Ich möchte einfach, dass du das weißt!
Dein Nils

Als ich fertig bin, zögere ich nicht. Laura soll jetzt alles wissen. Meine Ängste, meine Wut. Mein Testament. Meine Pläne für meine Beerdigung. Alles. Ich markiere alle Mails, die ich ihr in den vergangenen Wochen geschrieben habe und gehe auf »SENDEN«. Es dauert ein bisschen, bis alle endlich verschickt sind. Aber wenn Helene die Kraft hat, so ruhig und gelassen zu bleiben, muss ich auch den Mut haben.

Aus der Küche hole ich kleine Eis-Herzen, die ich für sie eingefroren habe. Ganz dünne zerbrechliche Scheiben, die sie sich auf die Zunge legen kann. Das Trinken fällt ihr so schwer, und ich weiß doch, was sie immer für einen Durst hat. Vorsichtig klettere ich wieder auf ihr Bett, lege mich neben sie und lege ihr ein Herz auf die Lippen. Sie saugt es begierig auf. Ich bemühe mich, sie nicht zu berühren, habe Angst, ihr wehzutun. Als ich am späten Nachmittag wach werde, liegt sie in meiner Armbeuge. Ich setze mich auf und sie wird wach.

»Gib mir dein Herz«, sagt sie.

»Das hast du schon«, antworte ich.

Sie strengt sich an.

»EIN Herz«, wiederholt sie.

Ich bin mir gar nicht sicher, ob ich mich beim ersten Mal verhört habe.

Ich habe nicht drum gebeten, aber die Schwester bringt mir mein Abendessen auf Helenes Zimmer. Die Schlaftabletten lasse ich weg. Ich will heute Nacht nicht schlafen. Ich öffne die Fenster, setze mich auf die Fensterbank und fange an zu quatschen. Ich erzähle Helene alles, was mir gerade in den Sinn kommt. Von meinem ersten Ärzte-Konzert, das ich auf dem Klo erlebt habe, weil dieses Scheißschloss nicht mehr aufging und ich eingesperrt war, bis der Sicherheitsdienst mich lange nach Ende des Konzerts befreite. Von dem Zeltlager, bei dem Jan, Alex und ich mit einer Lupe fast einen Waldbrand entfacht haben. Von meinem vollen Fußball-WM-Sammelbilderbuch, das meine Schwester gegen ein gefaktes Michael-Jackson-Autogramm eingetauscht hat.

Von dem Moment, als ich sie das erste Mal gesehen habe.

Jede Erinnerung zieht zwei neue nach sich. Ich möchte Helene noch so viel sagen. Als Nachtschwester Ulla gegen zehn ihren ersten Rundgang macht, sitze ich noch immer da und kann mich vor Müdigkeit kaum halten.

»Geh ins Bett, Nils. Ich weck dich.«

Ich will nicht gehen, will bei ihr bleiben. Sie festhalten. Mit Worten hier halten, aber ich nicke nur und gehe mit steifen Beinen in mein Zimmer.

Um kurz vor vier steht Ulla an meinem Bett. Ich bin sofort wach und klar und ganz ruhig. Ich habe keine Angst, zu ihr zu gehen.

Das fehlende Rasseln fällt mir sofort auf. Es ist unendlich still in dem Raum. Ich setze mich vorsichtig auf den Stuhl, habe Angst, diese Stille zu stören. Ich nehme ihre Hand und lege das letzte Eisherz hinein, das sofort schmilzt.

Ich bleibe bei ihr bis zum Morgen. Ihr Tod, der Tod ängstigt mich nicht. Nicht mehr.

Ich war mir so lange sicher, dass ich vor ihr gehe. Jetzt hat sie sich einfach rausgestohlen. Aber es wäre ja auch nicht nett gewesen, sie einfach so alleine zu lassen. Jetzt ist Helene schon mal vorgegangen. Ich bin plötzlich sicher, dass wir uns wiedersehen. Ganz kurz drücke ich meine Lippen auf ihre Wange. Tief atme ich ihren Geruch dabei ein.

»Bis bald«, verspreche ich ihr, ehe ich gehe.

Angie Thomas

On The Come Up

ca. 450 Seiten, ISBN 978-3-570-16548-5

Die 16-jährige Bri wünscht sich nichts sehnlicher, als eine berühmte Rapperin zu werden. Als Tochter einer Rap-Legende ist das nicht leicht: Ihr Vater starb, kurz bevor er den großen Durchbruch schaffte, und Bri tritt in riesengroße Fußstapfen. Dann verliert ihre Mutter ihren Job. Plötzlich gehören Essensausgaben, Zahlungsaufforderungen und Kündigungen ebenso zu Bris Alltag wie Reime und Beats. Als sich die unbezahlten Rechnungen stapeln und ihre Familie kurz davor ist, ihre Bleibe zu verlieren, wird klar: Eine berühmte Rapperin zu werden, ist für Bri nicht länger nur ein Wunsch, sondern ein Muss ...

20281

cbj

www.cbj-verlag.de

Angie Thomas

The Hate U Give

512 Seiten, ISBN 978-3-570-31298-8

Die 16-jährige Starr lebt in zwei Welten: in dem verarmten Viertel, in dem sie wohnt, und in der Privatschule, an der sie fast die einzige Schwarze ist. Als Starrs bester Freund Khalil vor ihren Augen von einem Polizisten erschossen wird, rückt sie ins Zentrum der öffentlichen Aufmerksamkeit. Khalil war unbewaffnet. Bald wird landesweit über seinen Tod berichtet; viele stempeln Khalil als Gangmitglied ab, andere gehen in seinem Namen auf die Straße. Die Polizei und ein Drogenboss setzen Starr und ihre Familie unter Druck. Was geschah an jenem Abend wirklich? Die Einzige, die das beantworten kann, ist Starr. Doch ihre Antwort würde ihr Leben in Gefahr bringen ...

30364

www.cbj-verlag.de